[英] 珍妮特·温特森 著
杨扬 译

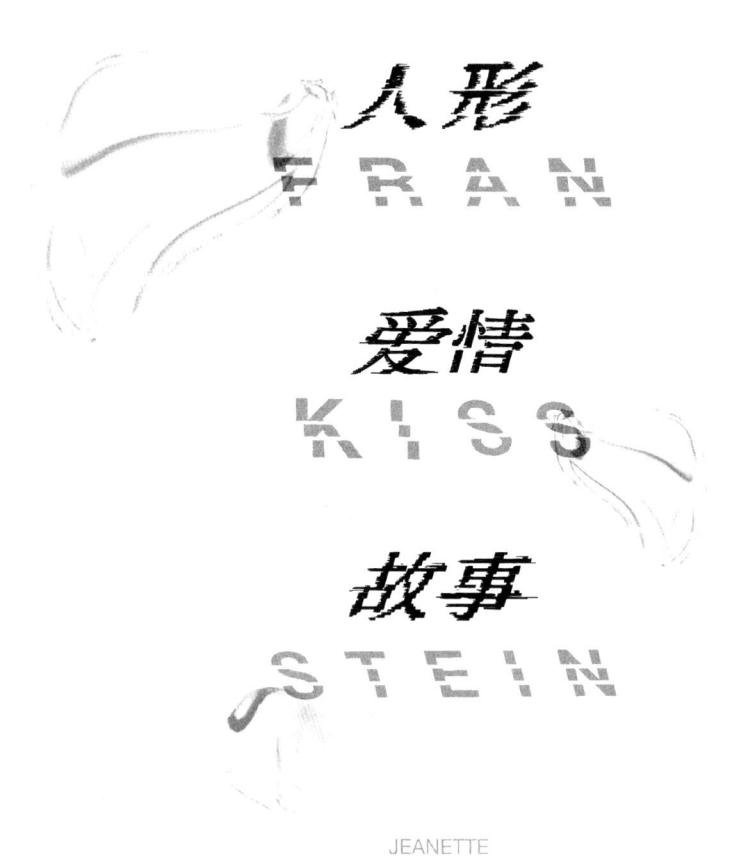

# 人形
# 爱情
# 故事

FRAN
KISS
STEIN

JEANETTE
WINTERSON

新星出版社 NEW STAR PRESS

新经典文化股份有限公司
www.readinglife.com
出 品

我们或赢或输,但我们再难邂逅此处。

——老鹰乐队《放轻松》

**日内瓦湖，一八一六年**

现实会在水中溶化。

我们所能见的，岩石、湖岸、树木、湖上的船，都失去了平日清晰的轮廓，隐入那片由一周的雨汇成的绵延的灰色。就连那座我们认为是石筑的房子，也在浓雾中摇曳着，有时，透过那雾气，一扇门或一扇窗如梦中显像般浮现。
一切固体都溶化为各自的液体形态。

我们的衣服都没干。我们进门的时候——我们得进门，因为必须出门——我们把天气也带进来了。泡透的皮革。散发着羊味儿的毛衣。
我的内衣都发了霉。

今天早晨我想到可以光着身子走走。湿透的衣料有什么用？

泡涨在扣眼里的包布纽扣有什么用？我昨天不得不把衣服剪开才从中脱身。

今天早晨我的床湿漉漉的，就像我出了一夜的汗。我的呼吸在窗上凝成了雾。壁炉里燃着火，木柴的噼响仿佛自然的叹息。我留你在房中熟睡，无声地走下覆着一层薄雾的楼梯，湿了双脚。

赤身裸体。

我打开正门。雨还在自顾自地下个不停。这场雨已经连下七天，不急不缓，不增不减。土壤喝不下更多的水了，大地处处泥泞——水从碎石路中渗出来，整洁的花园里已经形成了几道水流，水流冲刷着泥土，在我们门口积成了黏稠的黑泥潭。

但今早我去的是房子背后，沿山坡攀向更高处，希望能在云端休息片刻，俯瞰下面的湖景。

我一边爬山一边想着我们祖先的境况，没有火，又常常无处藏身，在如此美丽丰饶，却又无情施威的自然中游荡。我想，若没有语言或尚未有语言，思想是无法自我抚慰的。

然而也正是我们思想的语言，折磨我们更甚于任何自然的过剩或贫乏。

会像什么样呢——不，会是什么样呢？在这个问题上没有"像"，没有相似性。会是什么样呢，一种没有语言的存在——不是动物，而是一种更接近于我的存在？

我站在这里，披着不足以御寒的皮肤，浑身鸡皮疙瘩，寒战直打。一个不济的生物样本，没有狗的鼻子，没有马的速度，没有遁形天际的秃鹰的翅膀——它们在我的上空呼号，像失落的魂魄，没有鳍，甚至没有人鱼的尾巴，无法对付这透湿的天气。我还不如那只消失在石缝里的睡鼠装备齐全。我是个不济的生物样本，但我会思考。

我在伦敦没有在阿尔卑斯山间湖上这般怡然自得，思想在这里得以独处。伦敦是永不停息的，当下的湍流源源不断地涌向渐行收缩的未来。而在这里，时间既不慌忙也不匮乏，我想，什么都可能发生，一切皆有可能。

世界正迎来一个新的开始。我们是自己命运的塑造者。我虽不会创造机器，却会编织梦境。

不过我希望我有只猫。

我所在的位置已经高出了房子的屋顶，烟囱从雨雾升腾的湿幕里伸出来，像一头巨兽的耳朵。我的皮肤上铺满了清亮的水珠，仿佛由水织成。加了修饰的裸体有了别致的一面。我的乳头仿佛属于一位雨神。我一向浓密的阴毛，盈满雨水，如同黑色的浅滩。雨势渐强，瀑布般倾泻，而我置身其中。我的眼皮湿透了。我以手握拳擦着眼球。

3

莎士比亚。是他造了这个词：眼球。是出自哪部戏剧？眼球？

你就把这花汁挤在拉山德眼上。
它的效力，
能消除一切错误，
使他的眼球恢复往日的目光。①

这时我看到了它。我想我看到它了。是什么好像从我眼前闪过？

一个身影，硕大，褴褛，在我上方的岩石上飞快移动，越爬越远，他背对着我，动作稳健却又迟疑，仿佛一只小狗崽操控着过大的脚掌。我想大声呼喊却又害怕。

接着那景象不见了。

我心想，如果那是个迷路的游客，他一定会走向我们的别墅。但他却越爬越远，好像已经找到了别墅又继续赶路。

我担心真的看到了那身影，又担心那是我的想象。我心烦意乱地回到住处，轻手轻脚地进了屋，这次是从侧门，打着寒战爬上盘旋的楼梯。

我的丈夫站在楼梯顶上。我朝他走过去，像夏娃一样一丝不挂，我看见他的阳物隔着睡衣下摆兴奋起来。

我出去走了走，我说。

---

① 节选自莎士比亚《仲夏夜之梦》，此处译文参考朱生豪译本。

光着?他问。

是,我说。

他伸出手抚摸我的脸。

> 你的本质为何?你的肉身由何造就?
> 竟让万千倩影与你随行。①

那晚我们都围在火边,屋里影多光少,我们的蜡烛所剩不多,只能等天气好转再去补充。

此生是否就是一场狂梦?外部世界是否不过是影,而本质是我们看不见、触不到、听不着,却能捕捉的东西?

那么,为什么这场生活的梦如同一场梦魇,发着烧,沁着汗?

或者说难道我们非生非死?

一种非生非死的存在。

我从小到大都恐惧这样一种状态,所以在我看来还不如尽我所能去活,不惧怕死亡。

所以我十七岁就跟他走了,这两年我才算是活着。

一八一六年夏,诗人雪莱、拜伦、拜伦的医生波利多里、玛丽·雪莱和她的继妹(拜伦当时的情妇)克莱尔·克莱蒙,在瑞士

---

① 语出莎士比亚十四行诗,第53首。

日内瓦湖边租了两座宅子。拜伦偏爱迪奥达蒂大宅，雪莱夫妇则住在了坡下不远处一座小一些、更有情致的宅子。

两座宅子污名在外，以至湖对岸的一家旅店架起望远镜供住客猎奇，在他们看来，那是一群共享女人的撒旦追随者和肉欲崇拜者。

波利多里的确爱着玛丽·雪莱，但她不愿和他睡。拜伦也许和珀西·雪莱睡过，如果雪莱有此偏好，不过这无从确证。克莱尔·克莱蒙可能会和任何一个人睡——但时下她只和拜伦睡。这些人一天到晚待在一起——接着，雨来了。

我丈夫仰慕拜伦。他们每天去湖上泛舟，谈诗，谈自由，而我要躲着克莱尔，她无话可谈。也须躲着波利多里，他像条害了相思病的狗。

但接着雨来了，这滂沱大雨让人去不了湖上。

至少这天气也阻挠了对岸的人盯着我们看。我在城里听到传言，说有住客看见拜伦家的阳台上晾着五六条衬裙。其实他们看见的是床单。拜伦是个诗人，但他爱干净。

现在我们被无数狱卒囚禁了，每颗雨滴都是一个狱卒。波利多里从村里带回了个女孩取乐，我们在潮湿的床上将就行事，但头脑和身体一样需要锻炼。

那夜我们围坐在蒸汽腾腾的火边谈论超自然。

雪莱醉心于月夜和惊现的遗迹。他相信每一座建筑都载有过去的印记,就像一段或多段记忆,如果时间恰当,它们便能够被释放。但什么是恰当的时间?我问他。他猜或许时间本身也有赖时间中的众生,时间或许以我们为通道连接过往——是的,一定如此,他说,就像有人能和逝者对话。

波利多里并不同意。逝者已去。灵魂哪怕存在也不复归来。今世来生,停尸台上的死尸都无望复生。

拜伦是个无神论者,不信来生。我们本就被自我的鬼魂缠扰,他说,已无需再多。

克莱尔什么也没说,因为她无话可说。

用人端来了酒。幸好还有不是水的液体。

我们好像溺水者,雪莱说。

我们喝着酒。影子投在墙上自成一个世界。

这是我们的方舟,我说,我们在此漂浮,等待着大水退去。

你觉得他们都聊了些什么,在方舟上,拜伦说,困在动物热烘烘的臭气里?他们会不会认为整个地球都处在一个水汪汪的包袱里,像子宫里的胎儿?

波利多里兴奋地打断了他(他很擅长兴奋地打断别人)。我们医学院就有一排这样的胎儿,处于不同的发育阶段,都是被打掉的;在逃不过的命运前蜷缩着手脚,在永不得见的光亮中紧闭着眼睛。

光亮会被看到——我说——母亲那包裹着生长中孩子的皮肤

会透光。他们会高兴地转向太阳。

雪莱对我笑了。我怀威廉的时候，常常坐在床边，他跪在地上捧着我的腹部，像捧着一部从未读过的珍本。

这是个微型世界，他说，那天早晨，哦，我记得，我们一起坐在阳光下，我感觉我的孩子在欢乐地踢腿。

但波利多里是医生，不是母亲。他对事物的看法不同。

我要说的是，他说，因为被打断而有些愤愤不平（惯于插话的人往往如此），我刚刚正要说的是，无论灵魂存在与否，意识觉醒的一刻总是神秘的。在子宫里哪有意识？

男孩比女孩更早产生意识，拜伦说。我问他何来这样的想法。他回答，男性天生比女性更成熟，更机敏。我们在生活中就能发现。

我们发现的是男性迫使女性屈服，我说。我自己也有女儿，拜伦说，她就温顺，驯服。

艾达才六个月大！何况她出生没多久你就再没见过她！无论男孩女孩，哪个刚出生的孩子不是只会睡觉和吮吸的？那不是他们的性别特征，那是他们的生物本能！

啊，拜伦说，我本以为会生个了不起的男孩。如果我不得不生女儿，我相信她一定可以嫁得好。

人生除了婚姻难道别无其他？我问。

对于女人？拜伦说，别无其他。对于男人，爱情从属于他的人生，是他人生的一部分。对于女人，这就是她存在的全部。

我母亲，玛丽·沃斯通克拉夫特，不会同意你的话，我说。

可她曾试图殉情，拜伦说。

吉尔伯特·伊姆利。一个浪荡子、投机者、唯利是图的人，性情善变、行事迂腐（为何往往如此？）。我母亲从伦敦的一座桥上跳下，她的裙子为她坠落的身体充当了降落伞。她没死。是的，她没死。

死亡是后来的事——生我时。

雪莱看出了我的痛苦和不安。读了你母亲的书，雪莱说，看着拜伦而不是我，我被她说服了。

这使我爱着他——今时一如往日——他第一次这样告诉我时我还是个十六岁的少女，玛丽·沃斯通克拉夫特和威廉·葛德文骄傲的女儿。

玛丽·沃斯通克拉夫特：《女权辩护》。一七九二年。

你母亲的作品，雪莱说，带着他的羞涩和笃定，你母亲的作品非同凡响。

但愿能做些什么，我说，让我能不辜负对她的怀念。

人为什么总想在身后留下些印记？拜伦说，难道只是虚荣？

不，我说，是希望。希望有朝一日能有一个公平公正的人类社会。

那永远实现不了，波利多里说，除非把全人类抹杀干净，我们重新开始。

把全人类抹杀干净,拜伦说,是啊,为什么不。如此又回到了我们漂浮的方舟。上帝找对了方法。重新开始。

可他救了八个人,雪莱说,世界上总要有人。

我们现在也算半艘小方舟,不是吗?拜伦说,我们四个在这大水漫漫的世界里。

五个,克莱尔说。

我忘了,拜伦说。

英国将会发生一场革命,雪莱说,就像在美国和法国一样,在那之后,我们会真正重新开始。

我们又该如何避免革命之后的困境?我们都在有生之年目睹了法国的问题。先是恐怖统治,接着是独裁者。拿破仑·波拿巴——他就比国王更好吗?

法国大革命什么也没带给人民,雪莱说——于是他们寻找一个宣称能给予他们急需之物的强者。吃不饱的人何谈自由。

你相信如果每个人都有足够的财富、足够的工作、足够的空闲、足够的学识,如果他们不受上层压迫,不对下层畏戒,人类就能完美?拜伦发问时拖着他那不以为然的长腔,料定了答案,所以我打定主意不让他得逞。

我相信!我说。

我不信!拜伦说,人类自取灭亡。我们急不可耐地奔向我们最恐惧的东西。

我摇头。我已经在我们这艘方舟上有了自己坚定的立足之地。我说，男人才求死。如果你们中的哪一个怀胎九月，却眼见孩子幼年夭折，或殒命襁褓，或死于贫困、疾病，又或命丧随至的战乱，你们就不会那样自寻死路了。

可死是壮烈的，拜伦说，生却不是。

我听说，波利多里抢过话头，我听说，我们中有些人长生不死，能靠别人的血活一世又一世。最近有人在阿尔巴尼亚掘开了一座墓，里面的尸体都一百年了，是的，一百年（他停下，好让我们惊叹一番），竟保存得完好如初，嘴唇上有新鲜的血色。

把这故事写下来，好吗？拜伦说。他站起来从壶里倒了酒。在这潮湿的天气里他跛得更厉害了。他精致的脸庞容光焕发。对了，我有个主意：如果我们要像方舟客一样被困在这儿，不如我们每人记录一个超自然的故事。你的，波利多里，是不死者的故事。雪莱！你信鬼魂……

我丈夫点点头——我确实亲眼见过，但哪种更可怕？是死者来访，还是不死者？

玛丽？你觉得呢？（拜伦看着我笑了。）

我觉得？

但男士们已开始添酒了。

我觉得呢？（我对自己讲……）我从不认识我母亲。她死去之时便是我出生之时，我如此彻底地失去了她以至于浑然不觉。这不是一种外部损失——像我们失去认识的人那样。那种失去中有两个人，一个是你，一个不是你。但在分娩中并无我与非我之分。那失去内在于我，正如我曾在她体内。我失去了自己的一部分。

我父亲尽他所能照顾我这个失恃的幼女，给不了我心灵的照顾，他就加倍施于我的头脑。他不是个冷漠的人，他是个男人。

我母亲才华夺目，也是我父亲心灵的暖炉。立在母亲身旁，她身上的火焰便会温暖他的脸颊。她从未收起女性天生的激情和怜悯——父亲告诉我，许多次，当他对这个世界感到厌倦，她的怀抱胜过世上任何一本书。我对此信得热忱，如同笃信尚未写就之书，而且我拒绝相信我必须在头脑和心灵之间做出抉择。

我丈夫就是这样的性情。拜伦的观点是女人生自男人——他的肋骨，他的血肉。我觉得这观点在他这样一个聪明人身上实属怪异。我说，这不奇怪吗，你不信上帝，却赞同我们在圣经里读到的创世故事？他笑着耸耸肩，解释道——这是男女之别的一个隐喻。他背过身，以为我已领会，话题到此为止，但我继续追问，在他像个希腊天神似的跛足而去时将他叫住。我们何不请教一下波利多里大夫，作为医生，想必他知道自创世故事以来，是否还有哪个活着的男人生出过活的东西？先生们，你们是由我们造的才对。

男士们大度地对我的话一笑置之。他们尊重我，但有个限度，现在这个限度到了。

我们现在谈的是赋予生命的原理,拜伦说,慢条斯理耐着性子,好像在和孩子说话。不是土壤,不是苗床,不是容器;是生命的火花。生命的火花是雄性的。

同意!波利多里说。当然,如果两位男士达成了共识,这便足以为任何一位女性的问题盖棺定论。


可我希望我有只猫。


细面条,晚些时候雪莱和我躺在床上时说,男人给了一段细面条生命,你难道不嫉妒吗?

我正抚摸着他细长的手臂,我的腿搭在他细长的腿上。他说的是达尔文博士,他似乎在一段细面条上发现了一些自主运动的迹象。

你这是在取笑我了,我说——那么你,这个分叉的两足动物,在躯干和两腿分叉的连接处显示出了一定的非自主运动迹象。

那是什么?他柔声说,吻着我的头发。他的声音开始像我熟悉的那样嘶哑起来。

你的阴茎,我说,我用手抚上它,感觉它活了起来。

这比电击要好,他说。我希望他没这么说,因为接着我就分了心,满脑子是伽尔瓦尼跟他的电极和痉挛的青蛙。

怎么停下了?我丈夫问。

他叫什么名字?伽尔瓦尼的侄子?你家里那本书?

雪莱叹了口气。但他是男人里顶有耐心的：书中记述了伽尔瓦尼电流研究的最新进展，以及在法国国家研究院委员面前进行的一系列奇特有趣的实验，这些实验最近在伦敦解剖学教室再次上演。另附附录，内有作者在纽盖特监狱一名死刑犯人尸体上进行的实验……一八〇三年。

是的，那本，我说，我恢复了精神，但激情都涌上了大脑。

雪莱灵巧地一动，让我仰面而卧，他轻轻滑入了我的体内；我没有拒绝这份快感。

我们正拥有全部的人类生命力，他说，凭我们的身体和我们的爱，我们可以尽情挥洒肆无忌惮。我们管青蛙和细面做什么？还有面目抽搐着的死尸和电流？

书里是不是说，他的眼睛睁开了？那犯人？

我丈夫闭上了眼。他绷紧身子，把他的半个世界射进我的身体，和我的半个世界相会，我转头望向窗外，明月如灯悬在一角清亮的夜空上。

    你的本质为何？你的肉身由何造就？
    竟让万千倩影与你随行。

十四行诗第 54 首，雪莱说。

十四行诗第 53 首，我说。

他力竭了。我们躺着一起看窗外的流云在月面疾行。

一切天佑丽质集于你身。

情人的身躯印在世界上。世界印在情人的身躯上。

墙那边传来拜伦勋爵向克莱尔·克莱蒙进攻的声音。

一片星月皎皎的夜色。这场雨让我们无缘这样的风景已久，此刻看来便更显迷人。光落在雪莱脸上。他多苍白！

我对他说，你信鬼魂吗？认真地说？

我信，他说，肉体怎么可能是灵魂的主宰？我们的勇气，我们的英雄气概，是的，哪怕我们的仇恨，我们塑造世界的一切作为——是肉体还是灵魂？必定是灵魂。

我想了想，回答说，如果有人能用电击或什么尚未发现的方法让一具尸体复活，灵魂会回归吗？

我想不会，雪莱说，身体会衰朽凋零。但身体并非我们真正的本质。灵魂不会回归一片废墟。

如果你没有身体，我的美男子，我可怎么爱你？

你爱的难道是我的身体吗？

我该怎么告诉他，当他思绪静止，双唇缄默，我会坐着端详熟睡中的他；怎么告诉他我吻他是因为爱他的身体？

我无法将你分开看，我说。

他用他修长的胳膊环住我，在我们潮湿的床上轻轻摇晃。他说，如果可以，等我的身体衰朽了，我就把我的思想注入一块岩石、一条小溪，或者一朵云。我的思想是不朽的——我总感觉它是。

你的诗，我说，是不朽的。

也许吧，他说，但不只是诗。我怎么会死呢？这是不可能的。可我又必将死去。

他在我怀里如此温暖，离死亡如此遥远。

你想出故事来了吗？他说。

我说，要求我想的时候我便什么都想不出来，我缺乏想象力。

死者还是不死者？他说，鬼魂还是吸血鬼？你怎么选？

最让你恐惧的是什么？

他沉思片刻，用手肘支起身子转向我，他的脸那么近，我能吸进他的气息。他说，鬼魂无论看来如何惊悚可怖，听来如何凄厉，都只能让我惊讶而非恐惧，因为它曾同我一样活过，我也将同它一样归于魂魄，而且它的物质形态已经殒灭。但吸血鬼是一种污秽之物，靠吸食别人活力充沛的身体供养自己残缺腐化的躯壳。它的皮肉比死还冰冷，它没有怜悯，只有食欲。

那是不死者了，我说。我睁大双眼在床上思绪纷纷，他陷入了睡眠。

我们的第一个孩子一出生就死了。我把他冷冰冰的小身体抱在怀里。不久我就梦到他没死，我们在他身上抹上白兰地，把他放在火边，他就复活了。

我想触摸的是他小小的身体。我宁愿把我的血给他换他重生；他曾是我的血肉，一个吸血鬼，在不见天日的九个月里，躲在他的巢穴里进食。死者。不死者。哦，我见惯了死亡，恨透了死亡。

我心烦意乱无法入眠，起身给我丈夫盖上被子，自己围上一条披肩站在窗前。窗外群山黑影幢幢，湖面波光粼粼。

明天或许会是个晴天。

我父亲曾送我去邓迪和一位堂亲住过一段时间，他希望有人陪伴能让我不那么孤独。但我的天性有些类似灯塔守护人，我不怕孤独，也不怕自然的狂暴。

那段日子里我发现，最令我开心的莫过于独处户外，编造各种各样迥异于我真实境遇的故事。我把自己当作通向其他世界的梯子和暗门，当作我自己的伪装。远处一个独自赶路的身影就足以激发我的想象，召唤一场悲剧或是奇迹。

我从不感到厌倦，除了和人相处的时候。

在家里，我父亲对一个失恃的少女该做什么不该做什么无甚兴趣，他允许我在他招待朋友的时候静静坐在看不见的角落里，这时他们会谈政治，谈正义，也谈许多别的东西。

诗人柯勒律治是我家的常客。一天晚上他朗诵了他的新诗《古舟子咏》。诗的开始是——我记得那么清楚——

> 那是一位年迈的水手，
> 他拦住三人中的一个。
> "凭你灰白的长须和闪烁的眼睛，
> 你为何拦住我？"

我不过还是个小女孩,蜷在沙发后,听着讲给婚礼宾客的故事入了迷,在脑海中描绘着那场可怕的海上历险。

水手杀了那只友善的鸟,那只在顺风的日子里跟着船飞的信天翁,因此受了诅咒。

在最恐怖的一幕里,那艘船风帆零落,甲板破败,死去船员不洁的尸体七零八落,堆满了船舱,尸体在可怕的力量中复活,驾着船驶向冰雪之地。

他冒犯了生命,我当时和现在都这么想。但何为生命?被杀死的肉体?被终结的思想?被毁灭的自然?死亡是自然的。衰老不可避免。没有死亡就没有新生。没有生命就没有死亡。

死者。不死者。

此刻月亮又被乌云遮蔽,雨云迅速重新占领了清朗的天空。

如果一具尸体重获生命,它算活着吗?

如果藏骸所大门洞开,我们死者醒来……那么……

我思绪狂乱。今晚我几乎不明白自己的思想了。

\* \* \*

有什么我无法理解的东西正在我灵魂中作祟。

我最恐惧什么?死者,不死者,或者,一个更古怪的念头……

从没活过的东西?

我转身看他睡着的样子,一动不动,但他活着。熟睡的身体让人宽慰,但又像极了死亡。如果他死了,我该如何活?

雪莱也曾是我家的访客之一,我们因此结识。我十六岁。他二十一岁。一个有妇之夫。

那段婚姻并不幸福。有关他的妻子哈丽特,他这样写道:我感觉像一具死尸和一个活人通过令人作呕的交融结合在了一起。

一夜他步行四十英里到他父亲家——就是那一夜,在如梦般的恍惚状态中,他相信自己已经遇到了注定属于自己的那个女人。

很快我们见面了。

我习惯每次做完家务就溜到圣潘克拉斯墓园我母亲的坟墓去。在那儿,我会靠着她的墓碑读书。很快雪莱开始和我幽会,当我们分坐坟墓两边谈论诗和革命,我相信我母亲的在天之灵保佑着我们。诗人是生命默默无名的立法者,他说。

我常好奇她在地下的棺材里是什么样子。在我的想象中她从来不是一具腐尸,而是像铅笔画像中那样鲜活,像她在自己的作品中那样面貌如生。但我仍想更靠近她的身体。她可怜的对她已无用处的身体。我感觉,而且我确信雪莱也有这种感觉,我们三人正一同待在墓碑前。这感觉给人安慰,无关上帝或天堂,只是因为对我们来说她还活着。

他把她带回了我身边，为这我爱他。他不热衷鬼怪，也不过度感伤。他是世间最后的安心之所。是我的归宿。

我知道我父亲对她的尸体做了保护以防盗挖，那些掘坟刨墓的盗尸贼会偷走任何能换成现钱的尸体，而且他们有理得很——一具再无用处的身体留着做什么？

在全伦敦的解剖学教室里，到处都有母亲的尸体、丈夫的尸体、和我的威廉一样的孩子的尸体，它们的肝或脾被取出，颅骨被敲碎，骨头被锯断，未曾示人的、长几千米的肠子被展露在外。

我们怕的，波利多里说，不是死人之已死。我们怕的是当我们把他们放进最后的住所时他们还没死，怕他们在黑暗中醒来，在窒息中痛苦地死去。在有些刚下葬就被送来解剖的尸体脸上，我见到过这种痛苦。

你没有良心吗？我说，毫无顾忌吗？

你对未来不感兴趣吗？他说，科学之光在浸透了血的灯芯上燃得最亮。

\* \* \*

一道分叉的强光撕裂了我头顶的天空。有一秒钟，一具通电的人体似乎亮了一下随即又熄灭。雷鸣响彻湖面，接着，又一次亮起了弯弯曲曲的黄色电光。透过窗子我看见一道巨大的黑影像战死的武士轰然倒下。倒地的轰响撼动了窗子。是的，我看见了。一棵树被闪电击中。

接着又是雨，如同百万个微型鼓手齐声擂动。

我丈夫动了动但没醒。远处的旅店在视野中闪现，不见人影，空荡的窗口，一片惨白，如同亡者的宫殿。

倩影与你随行……

我一定是回到了床上，因为我再次醒了过来，直挺挺地坐着，头发披散，手攥着床帷。

我做梦了。我做梦了吗？

我看见那不洁之术的学徒面色苍白地跪在他一手拼凑的造物旁。我看见一个丑陋的人形怪物躺在那里。接着，在某个强大引擎的作用下，那怪物有了生命的迹象，活了似的不安地动了一下。

这种实验的成功会让创造者魂飞魄散，他会惊恐万分地逃离他可怖的作品。他会希望它自生自灭，希望他传导的那一星半点生命之火会熄灭；希望那获得了残缺生命的东西会变回一摊死物，希望坟墓的死寂能永久掩埋那丑陋尸体转瞬即逝的存在，尽管他曾将这视为生命的摇篮。这样想着他便可以安睡。他睡了，但又醒了；他睁开眼，注视着，那可怕的东西站在他床边，掀开他的床帷，用明黄、水亮、有了思想的眼睛看着他。

我惊恐地睁开眼。

第二天我宣布我想出了一个故事。

故事：一系列相关事件，真实的或想象的。想象的或真实的。

想象的
与
真实的

现实会在高温中变形。

我透过一层闪烁的热气望着窗外的建筑,它们坚实无疑的轮廓像声波一样抖动着。

飞机正在降落。一块广告牌上写着:

欢迎来到田纳西州孟菲斯。

我来参加全球机器人科技博览会。

姓名?

利·雪莱。

展商?演示员?采购商?

媒体。

是的,我找到你了,雪莱先生。

是雪莱博士。维康信托基金会的。

你是博士?

是的。我来这儿是想研究机器人将如何影响我们的身心健康。

这是个好问题，雪莱博士。让我们别忘了还有灵魂。

我不确定这是否属于我的研究领域……

我们都有灵魂。哈利路亚。那么，你是来采访谁的？

伦·罗德。

(谈话暂停了片刻，数据库正在搜索伦·罗德)

是的，他在这儿，A级展商。罗德先生会在成人未来厅等你。这儿有张地图。我叫克莱尔，我是你今天的联系人。

克莱尔是个身材高挑的黑人美女，穿着讲究的定制深绿短裙和浅绿丝绸衬衫。我很高兴有她做我今天的联系人。

她用精心修剪了指甲的灵敏的手写好了我的名牌。手写——在一场未来主义的科博会上，真是一种出奇老派而又动人的记名方式。

克莱尔——抱歉——我的名字——不是利恩，只有利。

真抱歉，雪莱博士，我不熟悉英国名字——你是英国人吧？

我是。

可爱的口音。(我笑了，她也笑了。)

这是你第一次来孟菲斯吗？

是的。

你喜欢比比金吗？约翰尼·卡什？那位"王"呢？

马丁·路德·金？[①]

哦，先生，我说的是猫王——不过既然你说起来了，我们

---

[①] 马丁·路德·金与比比金的姓氏金（King）与王（King）为同一单词。

这儿的"王"的确不少——也许和孟菲斯这个城市名有点儿关系——我猜如果你用埃及古都命名一个地方,少不得要在那儿见到几位法老王——是吧?

命名就是权力,我对她说。

的确。亚当在伊甸园里的任务。

是啊,各从其类为万物命名。性爱机器人……

你说什么,先生?

你觉得亚当会想到这个吗?狗、猫、蛇、无花果树、性爱机器人?

我庆幸他不必操这个心。

是的,我相信你说的没错。那么请告诉我,克莱尔,他们为什么给这个地方起名叫孟菲斯?

你是说一八一九年?建城的时候?

她说话时我脑海中浮现出一幅画面,一个年轻姑娘透过湿淋淋的窗望着湖对岸。

我对克莱尔说,是的,一八一九年。《弗兰肯斯坦》刚诞生一年。

她皱了皱眉。我没懂,先生。

小说《弗兰肯斯坦》——一八一八年出版的。

脖子上穿了根螺栓的家伙?

差不多……

我看了那个电视剧。

我们今天之所以在这里就是因为它。（我说话时克莱尔一脸迷惑，所以我解释给她听。）我不是说存在意义上的"我们今天之所以在这里"，我说的是科博会之所以在这里，在孟菲斯举办。组织者喜欢这类说法，把一座城市和一个理念联系在一起。孟菲斯和《弗兰肯斯坦》都两百岁了。

所以你想说的是？

科技。AI。人工智能。《弗兰肯斯坦》是对创造生命的可能方式的一次展望——第一个非人类智能。

那么天使呢？（克莱尔严肃而笃定地看着我。我犹豫了……她在说什么？）

天使？

没错。天使也是非人类智能。

哦，我懂了。我说的是第一个人造的非人类智能。

天使曾降临在我身边，雪莱博士。

那太棒了，克莱尔。

我不赞同人类扮演上帝。

我理解。希望我没有冒犯到你，克莱尔？

她摇动一头闪亮的秀发，用手指着城市地图。你问我一八一九年他们为什么给城市起名叫孟菲斯——答案是它建在河边——密西西比河——而古孟菲斯建在尼罗河边——你看过伊丽莎白·泰勒演的埃及艳后吧？

我看过。

你知道吗，她戴的是她自己的珠宝。想想看吧。

（我想了想。）

是的，全是她自己的珠宝，大部分是理查德·伯顿买的。他是英格兰人。

威尔士人。

威尔士在哪儿？

在不列颠，但不在英格兰。

我有点儿弄不明白。

大不列颠及北爱尔兰联合王国：联合王国由英格兰、苏格兰、爱尔兰的一小部分和威尔士组成。

我懂了……好吧。就这样。我一时半会儿不会去的，还用不着担心找不到方向。那么，现在，看见我们在地图上的位置了吗？这也是一个三角洲地带，像第一座孟菲斯城在尼罗河上所处的区域一样。

你去过埃及吗？

没有，但我去过维加斯。简直是翻版的埃及。

我听说维加斯有一座电动斯芬克斯。

是有一座。

你可以称它为机器人了。

可以，但我不这么叫它。

关于这个地方你什么都知道吗，关于你的孟菲斯？

我乐于这么想,雪莱博士。如果你对马丁·路德·金感兴趣,你该去参观国家民权博物馆,就在洛林汽车旅馆旧址,他遇刺的地方。你去过吗?

还没有。

你总去过格雷斯兰[①]吧?

还没有。

比尔街呢,孟菲斯蓝调的发源地?

还没有。

你人生中的"还没有"可真不少,雪莱博士。

她说得对。我正处于自己人生的阈限、过渡点、中间段,是个初来乍到、犹豫不决、转型中、实验性的新兴户(还是暴发户?)。

我说,一生还不够……

她对我点点头。可不是嘛。这不就是真相吗?真相就是如此。不过别绝望。远方有永生之境。

克莱尔望着不远处,眼中闪烁着笃定。她问我愿不愿周日跟她一起去她的教堂。真正的教堂,她说,不是白人粉饰门面的那种。

她的耳麦响了,发出一句我听不清楚的指令。她背过身向扩

---

[①] 格雷斯兰(Graceland),即美国摇滚乐男歌手"猫王"埃尔维斯·普雷斯利之家。

音器交代了一番。

我漫不经心地想着渴望长生不死和渴望多重生活——活多重人生，并同时经历这些人生——有什么不同。

我可以成为好几个我。如果我能给自己做几个备份——上传我的思想，3D打印我的身体，那么一个利可以去格雷斯兰，一个利可以去参观马丁·路德·金纪念堂，另一个利可以去比尔街街头演奏蓝调。之后所有的我可以见面分享一天的经历，然后重新与原来那个我相信是自己的我聚合。

> 你的本质为何？你的肉身由何造就？
> 竟让万千倩影与你随行。

克莱尔微笑着转回身。我并不想永生，我说，几乎是自言自语。
你说什么？克莱尔皱着眉俯身向前。
我说，长生不死。我并不想永生。
克莱尔点点头，扬起她无可挑剔的眉毛。
明白。我会和耶稣同在，但你可以自便。
谢谢你，克莱尔。你逛过展会了吗？
我是个会场专家，不是主办方，所以没人要求我详细了解这里的活动。
你见过那些机器人了吗？
机器人在餐厅里服务。体验不怎么好。

为什么，克莱尔？

它们给你端来鸡蛋，而当你说，抱歉！嘿！我没点番茄！它们只会说，谢谢，女士，祝你一天好心情！然后就滑行到喷泉那儿去了。它们只能滑，因为它们还不会走。

是啊，它们还不会走。行走对机器人来说是个难题。但是耐心点儿，克莱尔，而且别忘了——机器人很难处理意外情况。

克莱尔用好像我有智力障碍似的眼神看着我。

你把番茄叫"意外情况"？

不是番茄——是你对番茄的反应。

克莱尔摇摇头。你知道吗，博士，我妈一辈子都在一家夜间餐馆打工，晚六点到早六点，靠这个养家糊口。她能用一只手把醉鬼撵出去，也能用另一只手帮一把吃不饱饭的孩子。她没受过什么教育，但她的智慧可不是人造的冒牌货。

有道理，我说，我尊重你的观点。

我甚至都不该在这儿，克莱尔说，我是应急外援。我是从世界烧烤冠军赛借调来的。

哇哦！烧烤冠军的人！

是的，克莱尔说，全程参与。每年有十万多游客专程为冠军赛到孟菲斯来——那烧烤的场面真是盛大无比——你不知道吗？

我不知道。

我是从酱汁入的行——我负责酱汁摔跤——在一个巨大的缸

里装上四十加仑酱汁然后选手直接进去。没错！直接跳进去！拼个你死我活！那场面混乱不堪但相当有趣。

克莱尔，你自己在酱汁缸里打过架吗？

我？雪莱博士，没有。

但你是冠军啊！

不！我组织比赛。

哦，我懂了。（停顿。）有味道吗？那酱汁？

当然了！那味儿要好几周才能从身上褪掉，城里所有的狗都会跟着你回家。四条腿或者两条腿，懂我的意思吧？现在我负责整个赛事——所有环节：赞助、演示、比赛、奖品。

真了不起，克莱尔。

是啊。我是我自己领域的专家。

你看起来就很专业。也许是因为你的发型。非常专业的发型。

谢谢你，雪莱博士。你还有什么要问我的吗？

你愿意和我一起逛逛展览吗？也许会让你对它感觉好点儿。我可以做讲解。我对机器人科学——（不是爱情）——略知一二。①

我是个基督徒，雪莱博士。

圣经中并没反对机器人。

圣经里说不可为自己雕刻偶像。这是十诫之一。

机器人是我们为自己雕刻的偶像吗，克莱尔？

---

① "我对爱情略知一二"（I know a few things about love）是美剧《办公室》中的经典台词。

它是对神创人类的粗略仿制。

有了生命的仿制?

我不会把那叫作生命。说机器人是活的那是在自欺欺人。只有上帝能创造生命。

克莱尔,你确定吗?

我可不想冒险,雪莱博士。我还要考虑我的永生。

那可真是做好了长远打算……

没错。

一位身穿紧身皮裤和宽松镶边鹿皮夹克的年轻女人冲向服务台,打断了我们,对自己打断了一场对话浑然不觉。

她说,我要找智能震动棒公司。他们在哪儿?

克莱尔深吸了一口气才应道,女士,你是展商、演示员还是采购商?

我有紧急情况!

哪种紧急情况?

那女人的身体在皮裤和夹克下颤了一颤,她说,我不小心把自己的照片传到脸书主页上了,那可是一张我身上挂着两条流苏使用智能震动棒的裸照。

那可不怎么智能,我说。

女人怒视着我。

这是侵犯隐私!我要跟展台的演示员理论理论。他们给我演示了怎么用震动棒上的相机。我知道它是带遥控的。但他们没告诉我,如果我不重置它就会远程上传到我默认的应用。

克莱尔噘起嘴转向屏幕。我能看见她用细心修饰的指尖敲出"智能震动棒"。我询问那女人——因为我必须得知道——为什么有人会想要带相机和遥控的震动棒?

她用半是愤怒半是鄙夷的眼神看着我。远程性爱,她说。

抱歉,什么?

她说,你难道都没听说过"远程性爱"这个词?

很遗憾,没有。我是英国人。

她扬起眉毛,分明是在说:那你跑这儿来干吗,哥们儿?

她叹了口气。(重重地叹了口气。)她说,它的理念,它的理念,是让你和一个或者几个同伴身处不同地点也能进行性爱游戏。感觉好像他们就在房间里——对你做那些事。

真的有这种感觉吗?

真的。而且你可以分享照片。

跟你所有的脸书好友?

事实上,这事跟你一点儿关系都没有,好吗?

现在再要求隐私可有点儿晚了。

我以为她要打我了。幸好这时克莱尔又转回到我们中间。

你的姓名,小姐?

波莉·D。就是首字母 D。我在名单上。

我们没有名单,女士。

贵宾名单。我是《名利场》的工作人员。

我们没有贵宾名单,D 小姐。我已经呼了这家公司。**震动中**[①]的代表正往这儿赶。

克莱尔,哈哈——好一个双关,我说。

现在克莱尔也对我怒目而视了。她把双臂往胸前一抱,一副再见不送的架势。

我要工作了,雪莱博士,我猜你也有工作要做。成人未来厅在你左边,有指示牌。

他是写情色书的吗?波莉·D 说,我是说,他明摆着不是什么真博士。他是干什么的?不着调的自慰学博士?

我没她。谢谢你的帮助,克莱尔。祝你好运,波莉。

我转过身,听见一句:

浑球!

我在去成人未来厅的路上路过了奇点厅。一块大屏幕上正在播放埃隆·马斯克和雷·库兹韦尔[②]之间的访谈,他们正在谈论奇

---

① 原文中该公司名为 IN-VIBE,即 Intelligent Vibrator "智能震动棒"的简写。
② 雷·库兹韦尔(Ray Kurzweil),谷歌技术总监,奇点大学创始人兼校长,致力于让机器理解自然语言,坚信人脑可被复制。

点——AI会永远改变我们生活方式的那一刻。几个小伙子的T恤衫上印着"和肉告别"的标语。

这倒不是说未来是素食主义的世界,他们只是相信很快人类思想——我们每个人的思想——将不再依附于身体这肉质的基底。

但目前为止我们还是人类,简直太过于人类(细想起来,这真是个奇怪的表达),百分之八十的网络流量都涌向色情内容。第一个和我们同处一个屋檐下的非生物生命形式不会是有番茄识别障碍的服务生,也不会是可爱的小外星人这样的儿童伴侣。让我们从一切的起点开始吧:一个非常好的开始。性。

\* \* \*

那个挥舞着两部手机、头上戴着耳麦的人把我推进了成人未来厅。他长了一副夜总会保镖的身形体格:膀阔腰圆,臂粗腿短,汗津津的身上穿着一套皱巴巴的西装。沙发前的咖啡桌上摆着一排可乐罐。伦·罗德又拉开两罐,给我递了一罐。

从三鸡到这儿够远的吧,嗯,利恩?

不好意思,你说什么?

三鸡。那个威尔士村子,我开启未来的地方。

这么说口气可不小,伦。

我的抱负也不小,利恩。谷歌地图上你自己搜搜看。三鸡。

我妈有点儿通灵。她说这是个预兆。三鸡是我造出我的第一个性爱机器人的地方。邮购的娃娃。她所有的身体部件都像被杀人分尸似的一袋一袋寄过来。我照着教学视频用一把螺丝刀把她组装起来。简直就是成人版乐高。

我知道你是从底层发家干起来的，我对伦说。
是的，我是从她的底下开始干的，伦说。

沙发上坐着一个真人大小的娃娃，柔软的棕发披散在肩上。她穿着一身短裤夹克牛仔套装，紧身的粉色上衣绷着一对救生圈大小的胸。
这就是她吗？你的第一个机器人？
放尊重点儿，利恩！我的第一任退休了。她连商业款都不算。我还留着她，爱着她，可她现在是历史文物了。这一款，她属于我的特许经销系列。
瞧这个！准备好了吗？用你的手机录下来！开始！

伦把娃娃从沙发上拎起来，拎着她下面的一张亮粉色坐垫。坐垫上写着"小骚货"。
看见这坐垫了吗？伦说，这是张智能垫。她坐在你旁边的时候这垫子能给她充电。也可以把它放在车里——点烟器的插座就能适配。电极在她屁股里。

瞧这个——（他用胖手指在 iPad 上划）——这是那家生产这些娃娃的工厂。躯干先生产出来，挂在上面的绳子上。总之，躯干，躯干，又是躯干（他不耐烦地划着）。在这儿！看见他们是怎么装胳膊的了吗？可爱的细胳膊。然后是腿。看看这长度！这腿型！比同样身高真人的腿要长一点儿。这是幻想，不是现实，所以尽可以满足你的心愿。最后装头发，在睫毛之后。看见那眼睛了吗？像是给男孩的小鹿斑比。

伦把娃娃放回沙发上，灌了几大口可乐。而且很轻，他说，让男人感觉强壮。

那么性爱机器人的特许经销是怎么运作的？我说。

\* \* \*

照我看，伦说，使用性爱机器人有两种方式：买下她并拥有她——像我一样——根据磨损程度，一年把她送来做一两次保养。如果她哪儿坏了，或者太脏了，你可以在网上订购替换部件。这是享有"爱爱机器人"的一种方式。我们还提供以旧换新和升级服务。非常灵活。

享有"爱爱机器人"的另一种方式是租，在我看来这种方式更现代。如果你要租，总得有个租的地方，是吧？所以就有了特许经销的主意，我在这儿卖的就是特许经销权。

你的"爱爱机器人"？

没错，利恩！好名字吧？

好名字，伦。

你看，利恩，租让你能享受所有的乐趣而没有任何麻烦。损坏、收纳、升级——技术永远在进步。

而且多数人只买一个机器人供私人使用，可是如果你要开派对呢？跟你的朋友们一起呢？他们都会想试试的。

办单身派对的时候租就很受欢迎，可以租上五六个姑娘来寻欢作乐。而且有不同款式，金发大胸型，褐发运动型。什么样的都有。还有，如果你只想在老婆不在家的时候用用我们的机器人呢？女人不像过去那样一天到晚在家待着了。我不怪她们，女人又不是金鱼。她们进化了。不过就像我妈说的，妇女解放对男人来说会是个问题。

孤独寂寞的时候，租机器人比找个真人更安全，更便宜。没有传染病，没有流传网络的色情照片和性爱视频，也不用担心半夜两点劳力士被抢。跟我有私交的一个女商人，一位位高权重的女士，她每次都提前一季预订。

什么？是的！就是我说的那样，利恩。她给她老公订"爱爱机器人"。他喜欢得不得了。他从来不知道自己会收到哪一款。这是他们两人之间的一种纽带。这让我非常感动，夫妻二人一起完成这件事。

所有出租的姑娘都会进行卫生检查、沐浴、喷香，是的，你可以从四种香型里选一种——麝香、花香、木香、薰衣草香。你来接她的时候她要么穿一身这样的牛仔装，要么穿一身简单的日常连衣裙。你也可以租或者购买其他装扮。

什么？是的，就像芭比娃娃一样。是啊，我想你说得对，这多搞笑啊，男孩们长大以后才有芭比娃娃玩？哈哈，我从来没这么想过——这是个点子。我从来没想到过但这的确是一种思路。等我讲给我妈听她一定会笑。哦，是的，我妈是这门生意中非常重要的一部分，从一开始就是。

言归正传，我们也会给出租的姑娘放假让她们接受教育——我们一直在改进她们的电路板。她们的词汇量不大，是的；你看过色情片吧？那你就该知道的，那不是什么语言实验室。但我们在努力——男人总归还是喜欢交流。不能只有一句"哈喽，大男孩"。

你说什么来着？在机场？你提起这个真是巧了，因为这就是我接下来要着手实现的。我计划和几家租车公司合作——是的，比如安飞士——这样你的"爱爱机器人"就可以充满电，坐在副驾驶上等着你来提车了。

"爱爱机器人"是绝好的旅行选择。她不会为停车吃饭或者上厕所念叨没完，不会为你订的假日酒店摆臭脸。她就坐在你身边，长发飘飘，长腿妖妖，音乐你随心选，美女副驾相伴。

如果你不想太招摇，你可以把她折起来捆在后座上，或者塞进别人看不见的后备厢，或者行李厢，随你怎么叫。不是所有人都外向大方的。

看这儿，瞧这个！看见了吗？是的！我再来一遍。你在录吗？看看这动作，多流畅。腿抬起来抬过头。这样她就对折起来了。真人要做到这个，你得跟个要命的杂技演员约会才行。

神奇！是吧，利恩？像辆布朗普顿折叠自行车。

等无人驾驶汽车真正普及了，客户就可以和他的"爱爱机器人"一起坐进后座，开始一段更加美妙的旅程。旅途劳顿一扫而空。

我正在和优步谈。

是的。我的特许经销模式是基于租车业设计的。一座城市取，另一座城市还。我还有五款不同风格的"爱爱机器人"——包括沙发上这个经济款。她是最便宜的。

她的头发是尼龙的，所以会有点儿静电，还有点儿嗡嗡响，但她好用，实在，没有花里胡哨，经济省钱的一炮。

瞧见了吗？三个洞一样大。不！不在同一个地方！你睡过女人的吧，利恩？那么，你觉得那些洞在哪儿？前面、后面、嘴。不是她的鼻孔！她又不是他妈的喜马拉雅雪怪！

好吧！你是在开玩笑呢。我懂了。现在集中注意力——把你的手指放进去！

喜欢吗？而且它们全都会震——动——！任何一个洞，任何一个姿势。震动!

肢体灵活性也很出色。你可以把她摆成任何你想要的姿势。所有姑娘的腿都能劈开到超宽位置。这在我们的客户中很受欢迎,尤其是胖子客户。

这一款也会说话。有限但够用的语音回应——就像在国外偶遇了一个不太会说英语的姑娘。

她有名字吗,伦?

伦赞许地点点头。这是个好问题,利恩。而且我有个很好的回答。我决定不给我的姑娘们起名。是的,它不像你终归会吃掉的小羊羔,事实上,它更像你能买到的那极度奢华的涂料——高端涂料——是的,我们家刚重新装修过——我是说那些用数字命名的涂料,因为一种颜色名代表的意义对你我来说是两码事——况且你还可能是色盲。我是说,什么是他妈的忧郁蓝?温伯恩白又是什么?你觉得温伯恩白听起来很同性恋吗?我觉得非常。驴棕色呢?打什么时候起天下的驴都成了一种棕色?我爸以前养驴——是的——说来话长。今天就不必细讲了。重点不是我。

\* \* \*

所以对于姑娘们,我可以叫她们"火山",或者"秋天",或者"亲爱的",什么都行,但顾客也许会想叫他的小夜莺"朱莉"……所以我们把机会留给顾客,让他们给自己的小鸟起名。

这年头我们不应该把女人叫"小鸟"了,是吧?我总喜欢这么叫。很好地概括了女人——不是坏的那方面,别误解我。小鸟……永远捉不到。不是吗?你以为她在你臂弯里,一转眼她就飞了。

而且她们好像喜欢肉虫子。

那么,利恩,说回到我的经济款。按汽车行业的说法,她就是布座椅加塑料方向盘的配置。但她能开,把你从一处带到另一处。

这一款只有白人。

我嫂子是个来自牙买加的黑人美女,她跟我说,她说,伦!我看你敢把黑人做成经济款。而且我爱女人,真的,所以我想,好吧,我表示尊重。再说,布里奇特会揍得我满地找牙。

要不要来看看巡洋舰级别的?在橱窗那边。这一款,正点的机动小摩托艇。像邻家女孩,但有股浪劲儿。巡洋舰级别体形更丰满。完美充气。她有层衬垫,触感更柔软。那对胸跟枕头一样。这是老妈的主意。她跟我说,伦,有些男人会想团起身子陷入美梦,像他们小时候一样。

摸摸这个!顶级硅胶乳头。不是塑料——像该死的顶针似的,塑料乳头。得有点儿弹性。如果你喜欢胸的话,这点极为关键,我自己就对胸很着迷。

绕到后面去。去吧！我来提裙子。没错！丁字裤。非常流行。一副美臀，带点儿抖动——软硅胶的功劳。电池更大，可以加热她特定部位的皮肤。

我的姑娘们可能比有血有肉的姑娘体温要低一点儿。好吧，她们的确要比血肉之躯凉。毕竟那是真的肉。但我的姑娘在你身子底下不会弄得你又湿又黏，跟那些该死的充气玩意儿一样——那简直像趴在海草上。老天，我恨充气娃娃，你不觉得吗？还不如把自己的老二裹在保鲜膜里。

那么，利恩，伦说着快步向前，这边这个穿网球装弯腰捡球的，她是我们的运动款。

身体曲线非常突出——小细腰，双G杯——而且告诉你，她的乳头和阴道一直是温的。靠的是电池加保温层。电池续航时间长达三小时。我是说，男人一般四分钟就缴械投降了，所以这个时长很宽裕。你可以开个派对，大家轮着用，中间打局牌，也用不着担心她没电。一开始她们没电的时候会口齿不清，你还能听见她们嗡嗡作响。这倒不至于让人失了兴致，可我觉得这不专业。

你喜欢她的露跟网球鞋吗？经济款不穿鞋。也挺好玩儿，像那部法国音乐剧，《悲惨世界》。

说起法国，我不知道你跟机器人做过爱没有——晚点儿我请你——但我告诉你事后绝没有《你好，忧愁》里那回事，也一点儿不用怀疑她高潮了没有。我所有的姑娘都会在你高潮的时候高潮。

对，眼睛真尖，利恩。她的确是。运动款比其他几款高。她大概一米六五——其他款差不多一米六。在一些市场我们会把她们做得更小点儿。这些是英美款。

我想过做一款超模尺寸的，但这不实用。超模在现实生活中唯一的用处就是拿来向周围的朋友炫耀——我是说，她们就像得了厌食症，什么也不要。不吃，不喝，不，嗯，你懂的——她们太挑剔。我的姑娘们讲究实用——她们造出来就是要工作的——所以我们得让她们大小合用。

是啊，的确，市面上有些身型特别小的姑娘——她们看着就像孩子。这种我不参与的。我有原则。

你确实能买到一些带家庭模式的；她们会聊动物，讲童话故事，所有这类东西，就像性感女星埃曼纽尔给迪士尼配音。我严格地只做成人款。不打擦边球。所以，目前来说，我们还没有推出旅行娃娃的计划。

你还在录吗？很好。

就在屏风后面有张床——仅供展示用，所以别脱鞋，利恩。想象一下一回家就能看见这个美人。事实上，我的确一回家就能看见这个美人。我有一台私人用的奢华款。

运动款有的她都有，除了肌肉——我是说，她们都很结实，但这款更光滑圆润，不是举重健身后的效果。总之，奢华款，从名字就能看出来，她全身用的都是更优质的材料。而且是真的毛发。

在哪儿？在她头上。你以为在哪儿？你真的睡过女人吗？

老天，不，我才不会把真毛放在那儿！事实上，生产的时候什么毛都不会放。用不了一会儿下面的毛发就会湿透烂掉。

因为头发，我们对这一款收双倍押金，你还得签一份弃权声明，保证你不会在她头发上洒酒或者抹上吃的、屎尿，以及精液。

真有人干那种事吗？很可悲，但真的有。我不会，但有人这么干。

如果是尼龙头发你怎么折腾都无所谓——它更换起来也便宜。我们直接把它揭下来再装上新的。但好东西，真东西——我是说，我站在女人这边，真的——谁愿意让一个蠢货射在自己头发里呢。

是啊……太可恶了。

个人而言，作为女人——虽然我不是——要是随便哪个家伙想射在通常地方以外的地方，我一定烦透了。虽然我不是女人，但是我讨厌特定的食物。不喜欢酸奶和蛋奶冻，不喜欢法式焦糖布丁，不喜欢西米露、奶油白酱和板油。我也不怎么喜欢香蕉奶昔，而且我讨厌杏仁奶。老天，杏仁奶。他妈的为什么？？？我的医生想劝我喝这玩意儿。降低胆固醇。我说，朋友，我还不如犯心脏病呢。

奢华款的词汇量大，大约有两百个。她会听你说任何你想聊的话题——足球、政治，什么都行。她会等你说完，这是自然，就算你开始胡扯她也不会插嘴，然后她会说些有意思的话。

什么样的话？哦，好吧，比如：利恩，你真聪明。利恩，我从来没像那样想过。关于皇家马德里你无所不知吧？

是的——我说的教育就是这个意思。气候变化、英国脱欧、足球。这一款将会成为一种陪伴——随着科技发展我们打算让她的职业生涯朝这个方向发展。

有些男人想要的不仅是性。这我懂。

现在来看复古款。我爱这身西装套裙和平顶小圆帽。我是从怀旧情色片网站上得到的灵感。这款推出的时间很晚，但她让整个局面焕然一新。

有不少年纪大的男士来我们这儿找年轻性感的姑娘——多数老男人没有足够的钱在生活中找一个——在现实生活中要想老牛吃嫩草你得有不少家底。再说我们得面对现实：比起一盘梅干蛋奶酥，男人的确更喜欢一盒新鲜草莓。

我们提供的是幻想生活，不是现实生活。

复古款就像是从二十世纪五十年代直接穿越到你身边的。说话跟BBC全球电台一样——你不会相信那声音的效果有多好——我们请BBC第四频道的播报员录的音。姓名保密。付了她一笔巨款。

你还可以让复古款穿上六十年代迷你裙，戴上爱珠[①]，唱《我

---

[①] 爱珠，嬉皮士传统配饰，通常为挂在脖子上的手工制作的珠串。

还有你宝贝》[1]。她的嘴不会动，不过如果你正忙着狠操她的脸，你不会希望它动的，是吧？

我们甚至还有七十年代女权版，她不穿胸罩，头发乱糟糟的，还带一个假阳具。是的！聪明！她可以操你！不，我没试过。我的确每款都试，但我对这款没兴趣。在办公室我们管她叫"杰梅茵"[2]。她是唯一有名字的一款。你读过那本书吗？我妈给我说起过。我读了个开头，但内容跟我想的不一样。

什么人会租她？有些受虐狂，还有个别大学教授。

这些姑娘全都有不同肤色的版本：黑皮肤、棕皮肤、白皮肤。而且，如果你愿意，还可以给复古款添上阴毛。以前的色情明星下面都毛发浓密，跟棉花糖似的，有些男人就好这口。所以我们可以提供有与没有两种，但仅限复古款。如果你不确定自己是否愿意把毛团蹭到脸上，我们可以把阴毛和配套胶水一同打包。但我们要求顾客不要用自己的胶水。胶水要是涂错了面就成了可粘贴的胡子了。

我的顾客大多数是老头吗？才不是。各个年龄段各个阶层都有，利恩；性是一种民主权利。对于那些老家伙，我把这当成公共服务。你应该写写这个话题。我们总是给六十五岁以上的老人

---

[1] 《我还有你宝贝》("I Got You Babe")，美国流行音乐双人组合 Sonny & Cher 于 1965 年发布的一首单曲，该曲一经发布就登上了欧美各大流行乐榜榜首，成为六十年代经典。
[2] 指澳大利亚著名女性主义作家杰梅茵·格里尔（Germaine Greer），其代表作《女太监》为西方重要的女性主义著作。

打九折，周一还能折上再享九折。没多少人想在周一打炮。

不过，我跟你说——这有点哲学，但我是个爱思考的人——如果对方是机器人，就没有未成年性行为这回事了。我的意思是，就不会有人说要干这事必须得等到十六或者管他什么年纪，所以也会有些学生小孩来我们这儿，也想试一把——是的，男孩，当然是男孩——我琢磨，这总强过去祸害哪个干得像砂纸又不喜欢他的小丫头。

是的，你老也罢，丑也罢，肥也罢，有体臭也罢，哪怕你有性病，哪怕你身无分文，不管你是硬不起来还是软不下去，总有一款"爱爱机器人"适合你。

公共服务。我告诉你，这绝对是的。你觉得我有可能得员佐勋章吗？老妈会喜欢的。

女人？女人怎么了？你是女权主义者吗，利恩？我不是，但我妈是，所以别以为我们在威尔士就没听说过这个。

的确也有男版机器人，但我不在这上面花心思。为什么？

生理结构，利恩。基本的生理结构。你学医的时候一定做过解剖吧？

男性机器人本质上是个带身体的震动棒，就像给商店橱窗里的人体模特加了个没用的阴茎。没有推力。毫无乐趣可言，哪怕你泡了澡，点上蜡烛，循环播放所有最喜欢的情歌也没用。女人喜欢靠这些东西找感觉。

女人更喜欢手持式震动棒。更容易控制，更容易达到高潮，还可以边用边看电视。我做过市场调研。嗯，不是我亲自做的，我妈负责这方面业务。我妈？哦，内行得很。就像我说的，第一天就加入了。

另外对男性机器人来说，最重要的还有尺寸问题。女版机器人都是小个子——就连瑞典人也喜欢个子小的——但如果你把男性机器人做成小矮个那简直倒人胃口，跟操你儿子似的，而且面对这样的机器人女人高潮不了，大多数都不行。女人喜欢大块头，可如果你把机器人做成彪形大汉，女人又拖不动他们。而且在小公寓里，用不着他的时候，或者说他碍事的时候怎么办？——你懂吗？我是说，当你想要点儿私人空间的时候，他又不能自己出去喝杯啤酒。

再加上女人习惯开小型车，她可不希望别人看见她费尽力气把什么道恩·"巨石"·强森塞到她的雷诺丽人行里。①

如果我们进军夜店产业——这有可能，因为我不知道现在赚的这些钱该往哪儿花——我也许会试试推出一些男性机器人作为女士之夜特供，看看效果如何——就为博一乐——像"骑小马"② 这种玩儿法？如果我能把机器人的动作方式调好，女人没准儿会享受的。我以前修过弹出式烤面包机，那给了我点儿启发。

---

① 道恩·强森（Dwayne Johnson）又称"巨石强森"，是一位身材壮硕的美国演员、职业摔角手。雷诺丽人行（Renault Twingo）则是一款车体精巧的小型汽车。
② 一种舞蹈游戏，起源于美国，参与者站成内外两圈，内圈人随着歌声转动，并与外圈最近的人进行身体互动，有时也被作为一种性游戏。

这个市场遍布全球。这个市场未来广阔。

不管怎么说，我要在威尔士建一家自己的工厂。得制造点儿竞争，再说如果要打贸易战，谁知道会发生什么？机器人价格没准儿会涨上天。

老妈说我们得像马克思说的，自己掌握生产资料。

另外，我也想回馈社会。威尔士没人找得到工作，利恩，从英国脱欧开始就没有了。他们投票支持"威尔士属于威尔士人"，搞得好像全世界人都挤破脑袋想越过边境跑去开煤矿似的。

不管怎么说，威尔士所有的财富都来自一些欧元基金，但威尔士实在有太多人近亲通婚。我觉得输入点儿移民会有好处——都搞近亲繁殖对脑子不好。脱欧！天哪！还是拿韭葱筑道圈墙把那地方围起来吧。①

所以我得做点儿贡献。我要开一家从头到脚制造完整机器人的大工厂。再开一家小点儿的工作室——企业基金已经搞定了——工作室只做头。有点偏手艺活。威尔士那儿的人手艺活做得挺不错。茶巾……陶器……

而且那儿有好多失业的美发师，因为没人做得起头发，谁让现在威尔士只属于威尔士人呢。

我为什么需要额外做头？

---

① 韭葱是威尔士的民族象征。

有好多"爱爱机器人"被砸扁了脸，给人扔到墙上什么的。有一次，我还认真考虑过换成可拆卸的鼻子。有些机器人可以让你自己换脸，但很考验手艺，所以我觉得更好的办法是一开始就买一个备用头。性有时候会有点儿粗暴，是不是？我不做评判。

另外，我还在考虑制造一款户外型。更强悍，健美，《古墓丽影》里的劳拉·克劳馥那种。生产她我们需要一条自己的生产线。这可能会适合某些特殊性癖市场。我想英国人会喜欢。我在跟卡特彼勒[①]和杰西博[②]谈。

这就是未来，利恩。

来参加我的现场秀吗？看我的姑娘们表演？我的 iPad 上有段样片，你看。你觉得这音乐怎么样？

《漫步在孟菲斯》。我爱这首歌。我最喜欢的一句——一个小美人正等待王者归来……

她们都是美人，我们都是王者。

你说什么？这会让现实生活更艰难吗？

这年头什么才是现实生活？

---

[①] 卡特彼勒公司（Caterpillar Inc.），世界上最大的工程机械生产厂家之一。
[②] 杰西博工程机械（J. C. Bamford Excavators Ltd.），简称 JCB，是一家世界性的工程机械制造商。

未曾有过比这更疯狂的故事,但它又像我们这个时代大多数小说一样,带有一丝真实感。

——《爱丁堡杂志》,一八一八年

人类无法承受太多现实。

所以我们创造故事,我说。
如果我们就是自己创造的故事呢?雪莱说。

雨继续将我们围困,我埋头写个不停。

克莱尔坐在角落里做针线活。波利多里在护理他受伤的脚踝。昨天他为了证明对我的爱从窗口跳了出去。拜伦的主意。他一感到无聊就会变得危险。

我们除了喝酒就是做爱,拜伦说,这算故事吗?

这是个畅销故事!波利多里说。

我们吃饭,我们睡觉,我们工作。雪莱说。

是吗?拜伦说。他为了减掉赘肉正在节食,而且他失眠,又整天无所事事。他说他想不出如何讲述他的超自然故事,而我们正在完成由他发起的挑战。这让他恼火。我们让他恼火。

波利多里正忙着写他自己的故事。他给它取名《吸血鬼》。输血让他着迷。

* * *

男士们无法外出又无事消遣，便讨论起我们最近在伦敦参加的一系列讲座。主讲人是雪莱的医生威廉·劳伦斯，讲的是生命起源。劳伦斯医生提出，生命基于自然，不存在灵魂这样的"外加"力量，人类由骨骼、肌肉、组织、血液等等组成，仅此而已。

这自然引起了激烈抗议：人和牡蛎竟毫无区别？人类不过是猩猩或者猿猴，只是长了"足够大的脑半球"？

《泰晤士报》刊出如下评论：劳伦斯医生为证人类没有灵魂不遗余力。

可是，我对雪莱说，偏偏你比任何人都相信灵魂。

是的，他说，我相信唤醒自己的灵魂是每个人的使命。灵魂是人的一部分，不惧死亡和腐朽、敏于感受真与美的那部分。人如果没有灵魂就是头畜生。

那么死了以后这灵魂会去哪儿？拜伦说。

没人知道，雪莱说，我们应该关心的不是灵魂的离去，而是它的造就。生命的秘密就在世间，不在别处。

雨也在世间，拜伦说。他像一位无能为力的天神望着窗外。他惦记着骑他的牝马，开始变得焦躁不安。

人生苦短，波利多里说，所以我们不能活成别人希望的那样，要为自己的欲望而活。他一手放在胯间看着我。

人生中除了欲望难道就没有别的？我说，我们就不能为了更可贵的追求牺牲自己的欲望？

如果这让你感到满足，波利多里说，你便如你所愿，尽管牺牲，而我宁愿做吸血鬼也不做死尸。

死得其所即为不虚此生，拜伦说。

没人能从死亡中得到满足，波利多里回答，那是你的想象，可关于它你能知道什么？你能从中得到什么？

名声，拜伦说。

名声不过流言蜚语，波利多里说，说我的好话也罢，坏话也罢——还不就是嚼嚼舌根？

你今天不太对劲，拜伦说。

不对劲的是你，波利多里说。


雪莱把我揽入怀里。我爱你。你，亲爱的玛丽，最鲜活的你。

我能听见克莱尔的针戳进绣花布的声音。

都是活的哦！都是活蹦乱跳的哦！① 波利多里一边唱一边在沙发扶手上打着节拍。拜伦阴着脸一瘸一拐走到窗边，拉开窗子，让雨点直接打在克莱尔身上。

---

① 爱尔兰流行歌曲《鸟蛤和贻贝》（"Cockles and Mussels"）中的歌词，是都柏林街头海鲜小贩常用的叫卖词。

你能不能消停消停？她像被扎了一样跳起来，对哈哈大笑的拜伦吼道，接着换了一张椅子坐下，恶狠狠地剪断手里的绣线。

死亡是种假象，雪莱说，可以说，我一点儿也不相信死亡。

等你继承了你父亲的财产，你将十分乐于相信，拜伦说。

我见他一脸嘲讽与不屑。他是个伟大的诗人，毋庸置疑，可惜生性刻薄。看来我们与生俱来的天资无法改变我们的行为方式。

雪莱没多少钱，却是再慷慨不过的。拜伦有的是钱，每年靠地产净赚一万英镑，却只顾花钱供自己享乐。他可以活得潇洒，我们得处处留心。换句话说，是我必须留心我们的账目。雪莱好像从不知道什么钱能花什么钱不能花。我们总是欠债。不过，如果能把我现在写的故事卖出去，我们就能过得宽裕些。我母亲以写作为生，我决意追随她的脚步。

关于灵魂我还想再说几句，雪莱说。

拜伦叹了口气。波利多里咳了一声。克莱尔恶狠狠地缝着靠垫套。

而我的思绪已飘往别处。自从我想到了我的故事，它就一直萦绕在我心头。思绪中那个挥之不去的身影遮蔽了其他心事。我的思想正经历一场日食。我必须回到那个从我面前横穿而过的巨大阴影旁。

他们还在为形而上的话题争论不休，我拿了一壶酒上楼，来到我的书桌前。红酒能缓解潮湿引起的疼痛。

为了我的故事，我也希望能认真想想这个问题：人类是因何种特质同其他生物区分开来？又是什么将我们同机器区分开来？

我和我父亲去过曼彻斯特的一家工厂。我看见那些被机器奴役的可怜虫动作和机器一样单调重复，低落的情绪是他们和机器唯一的区别。工厂的巨额财富不属于工人，只属于工厂主。要做机器的头脑，人类只有活在痛苦之中。

我曾在父亲的要求下读过霍布斯的《利维坦》。现在我坐在这儿，手里拿着笔，想起了霍布斯和他的推论：

> 既然生命无非肢体运动，其原动力在于内部的某个关键部件；为何不能说所有自动装置（以弹簧和齿轮自驱动的机械，如手表）都有人造生命？

我问自己：何为人造生命？自动装置没有智能，它们不过是由发条驱动。而生物生命，哪怕最卑贱的存在，拥有的智能也足以让他们给奶牛挤奶，说出一个名字，知道雨何时会来何时不会来，又或许，思考自己的存在。可是，就算自动装置有了智能……它们能算活着吗？

雪莱在辅导我的希腊文和拉丁文。我们趴在床上，他裸着身子，手搭在我背上，书摊在枕头上。每当我们攻克新词，他便亲吻我的脖子。我们常停下来做爱。我爱他的身体，恨他如此不爱惜自己。他真心以为物质这样的俗物奈何不了他。可他毕竟是温热的血肉之躯。我伏在他扁平的胸膛上，听着他的心跳。

我们正一起读奥维德的《变形记》。

意大利到处都是美男子的雕塑，线条起伏、身材挺拔的男子。亲吻其中一个？赋予它生命？

我曾抚摸过这样的雕塑，抚摸过它们冰冷的大理石，它们一丝不苟的石身。我曾用双臂搂住一座雕塑，为这副没有生命的身体而惊叹。

雪莱把奥维德书中雕塑家皮格马利翁的故事读给我听。皮格马利翁爱上了自己雕刻的石像，他对自己的作品爱得如此深情，女人变得不值一提。他祈求女神雅典娜让他找到一个活生生的爱人，能和他工作台上没有生命的石雕一样美。那一夜，他吻了自己创造的青年的嘴唇。他几乎不敢相信自己的感觉——他感觉那青年在回应他的吻。冰冷的石头有了温度。

故事继续发展……得女神好心相助，青年获得了女儿身——从无生命到有生命、从男性到女性的双重转变。皮格马利翁娶了她。

在《冬天的故事》结尾，埃尔米奥娜的雕塑苏醒那段，雪莱说，莎士比亚头脑里一定有这么一幅画面。她走下来。她拥抱她的丈夫，暴君里昂提斯。时间本身因为他的罪行而石化，而现在，时间本身又因她的移动而流淌。[①] 失而复得。

是的，我说，那是温暖的片刻，亲吻双唇，觉其温热。

人刚死的时候嘴唇也是温的，雪莱说，谁不会彻夜躺在爱人慢慢冷却的尸体旁？哪个女人不会把尸体揽入怀中，拼命想要温暖它、复活它？哪个男人不会告诉自己那不过是冬天来了？等到早晨太阳定会升起？

把他抬到阳光下，我说（我也不知为什么）。

人造生命。雕塑会苏醒，会行走。那么除此之外呢？有人造智能这回事吗？自动装置没有思想。思想的火种是什么？能创造吗？由我们创造？

你的本质为何？你的肉身由何造就？
竟让万千倩影与你随行。

房间的角落笼罩在暗影之中。我一心思索自己思想的本质。然而当我的心脏停止跳动，我的思想也必戛然而止。思想，无论何其精妙，都无法比身体活得更长久。

---

[①] 莎士比亚剧作《冬天的故事》中，国王里昂提斯诬陷王后埃尔米奥娜对他不忠，导致王后在审判中猝死。十几年后，埃尔米奥娜的一座雕像苏醒，她也得以复活。

我的思绪转回我跟雪莱和克莱尔的那场旅行,她会不时提起这个故事,仿佛一枚书签——不是文字,而是某种标记。

我打算和雪莱私奔,克莱尔打定主意不要一个人留下,所以我们说好三个人一起走,不向我父亲和继母透露这个计划。

我有必要补充一下,我母亲去世以后,我父亲无法忍受独自一人,没多久就再婚了——娶了一个没什么想象力的普通女人,但她会做饭。她带来一个名叫简的女儿,简很快就成了我已故母亲的作品热诚的信徒,后来她把自己的名字改成了克莱尔;在我看来这没什么不好。她重塑自己有何不可?身份不过是我们给它的一个称呼,除此之外,它又是什么?我父亲起了疑心以后,简／克莱尔成了雪莱和我的传话人。雪莱和我都喜欢她,所以当离开斯金纳街的时机到来,我们决定要一起走。

夜空中的星如数不尽的历险。

凌晨四点,我们脚上穿着绒拖鞋,把靴子拿在手里,免得吵醒父亲。不过他服了治疟疾的鸦片酊以后睡得很沉。

我们飞奔过大街小巷,这里,世界正慢慢醒来。

我们跑到马车跟前,雪莱正面色苍白地踱来踱去,像一位没有翅膀的天使。

他抱住我,把脸埋进我的头发,轻声念着我的名字。我们寥寥几件行囊被装进马车,但我突然良心不安,猛地从他面前转身离去奔回家,要在壁炉台上给我父亲留一张字条。我不能让他心碎。我骗自己。我会让他心碎,但我不能不告诉他我会让他心碎。我们靠语言活着。

猫在我腿边蜷起身子。

然后我又出发了,跑啊,跑啊,跑得帽子滑到脖子上,跑得气喘吁吁、口干舌燥。

我们疲惫焦心地上路了,快马加鞭赶到多佛,又在去加莱的帆船上晕得死去活来——在一家昏暗客栈的软包房间里,我在他的臂弯中度过了第一夜,听着铁车轮哐啷哐啷地碾过卵石,我的心跳得比铁和车轮更响。

这是个爱情故事。

我还可以补充,我的继母很快追上了我们,求简/克莱尔回去。我想她倒是庆幸甩掉了我。雪莱陪我们三个走来走去——有时单独陪同,有时三个一起,大谈爱情与自由。我不相信她被他说服了,不过最终她耗尽了精力,跟我们道了别。他赢了。我们在法国,革命之乡。我们还有什么事做不成?

事实证明——我们能做成的少之又少。

我们的旅程并不顺利。我们没有衣服。巴黎是个肮脏而且物价高昂的城市。那儿的食物让我们胃部痉挛且口气恶臭。雪莱靠面包和酒过活，我加了奶酪。最后我们找到一个放贷人，雪莱从他那儿借来了六十英镑。

有了这笔财富解困，我们振作起来，打算旅行，到乡下去寻求朴素的生活和卢梭笔下的自然人。

那儿会有牛肉、牛奶和好吃的面包，雪莱说，还有新酒和干净的水。

故事如此。

现实则是另一番光景。

我们忍耐了几个星期，极力不让对方看出自己的失望。这是自由的土地，是我母亲当年寻找自由的地方，她就是在这里写出了《女权辩护》。我们本指望遇到同道中人，敞开心扉了解彼此。现实却是，农户为每一点儿小事多收我们钱，农庄又脏又破，洗衣女工偷拿扣子和饰带。我们的向导个个坏脾气，雪莱租了头驴让我们轮流骑，就连这驴都是个跛子。

是什么让你不舒服吗？雪莱问。我的沉默让他不安。是的，酸了的牛奶、变质的奶酪、臭烘烘的床单、跳蚤、暴风雨、腐烂、遍布螨虫的干草填的床，软塌塌的菜、咬不动的肉、长满虱子的鱼、生了象鼻虫的面包，我父亲的忧愁，对母亲的追忆，我不成样子的内衣。但我没有这样说。

只是太热了，亲爱的，我回答。

他让我裸身跟他一起去河里洗澡。我太过腼腆，于是改为欣赏他白皙纤细、精雕细琢的身体。他的形体有一种超凡脱俗之感，一种近似真实的感觉——仿佛他的身体是灵魂为了到世间走一遭，仓促之间披上的一件外衣。

我们靠朗读华兹华斯的诗打发时间，但法国不是诗歌；只是农民。

\* \* \*

最后，雪莱知道了我的愁苦，便在一艘驶离法国、沿莱茵河顺流而下的游艇上给我们订了舱位。

有好转吗？自以为是的瑞士，醉醺醺的德国。再来点儿酒，我说。我们就这样过了一天又一天，吃得太少，喝得太多，渴望灵魂又不知去何处寻找。

我想要的都切实存在，只要我敢去寻找。①

---

① 来自本书作者自传《我要快乐，不必正常》，译文参考冯倩珠译本。

有一天，在离曼海姆不远处，我们望见一座城堡的塔楼警告似的从雾中耸现。雪莱热爱塔楼、树林、遗迹、墓园，以及一切忧郁多思的人造和自然之物。

于是我们沿曲折的小径向它走去，一路上的农民都眼睛发直地盯着手里的耙子和锄头，但我们并不理会。

终于到了城堡脚下，我们停在那里发起抖来。即便在酷热的午后阳光下我们仍觉得阴冷。

这是什么地方？雪莱向一位车夫打听。

弗兰肯斯坦城堡，他说。

充满忧思的荒凉之地。

这儿有个故事，赶车人说，但要付钱他才肯讲。雪莱付了双倍，而他听到的故事没有让他失望。

这座城堡原属于一位名叫康拉德·迪佩尔的炼金术士。他的爱妻早逝，他因无法承受她的离去，不肯将她下葬，一心想要发现生命的秘密。

他的仆人一个接一个地抛弃了他。他独居于此，有人看见他于黎明黄昏之时在墓地和藏骸所间游荡，把他能找到的发臭尸体拖回家，把尸体的骨头研成末和鲜血混合。他相信让刚死的人服下这药剂，就能使他们复活。

村民们渐渐开始怕他，恨他。他们都要守护自家的逝者，都要提防他的脚步声，或是他马笼头上铃铛的叮当声。他曾多次闯进守丧的人家，随身带着的瓶子里装着他那恶心的混合物，他像为做鹅肝酱而填鹅那样，把瓶子塞到那副空洞躯壳松弛的嘴巴里。

没人复活。

最终，附近村庄的所有居民联合起来，把他活活烧死在城堡里。

就连墙都散发着肢解和死亡的恶臭。

我望着那城堡的废墟。一座户外楼梯，阴暗，倾颓，仿佛一场皮拉内西笔下的噩梦，坍塌的阶梯杂草丛生，一圈一圈盘旋而上，一步一步通往何处？什么样的恐怖密室？

我裹紧了我的披肩。空气本身带着坟墓的阴寒。

走吧！我对雪莱说，我们得离开这个地方。

他一手揽着我，我们一起快步离开，路上他给我讲起了炼金术。

炼金术士寻求三样东西，雪莱说，点铅成金的秘诀、长生不老药的秘方和何蒙库鲁兹。

何蒙库鲁兹是什么？我问。

一类不是由女人所生的生物，他回答，邪恶不洁的人造生命。一种奇形怪状的小妖怪，生性奸诈，浸透了黑暗力量。

在压抑的暮光下，我们沿着弯弯曲曲的来路走回客栈，一路上我都想着那个东西，那个不是由女人所生的成形的生命。

现在那个身影又回来了。

但它不小,也不是妖怪。

我感觉我的思想像一道屏风,屏风那边是一个渴求生命的存在。我曾见过鱼缸里的鱼把脸贴在玻璃上。我说不出我感觉到了什么,只能用故事来讲述。

我要叫我的主人公(他算正面人物吗?)维克多——因为他希望赢过生命,战胜死亡[①]。他将想方设法探入自然的隐秘角落。他不会是一位炼金术士——我不想在这里装神弄鬼——他会是一位医生,就像波利多里,就像劳伦斯医生。他将会辨别血液的流向,熟知肌肉的纹理、骨骼的密度、组织的精妙、心脏的搏动方式,呼吸道、体液、肿瘤、胶质、大脑花椰菜似的秘密构造。

他将组装一具比真人体积更庞大的躯体,并给他生命。我会使用电流。暴雨、火花、闪电。我将像普罗米修斯一样赐他以火。他将从众神那里盗取生命。

代价是什么?

他创造的生物将拥有十人的力量和奔马的速度。这生物将超越人类,但他成不了人类。

---

① 维克多(Victor),源自英文单词 victory(胜利、成功)。

然而他饱受煎熬。煎熬，我深信，是灵魂的一种标志。

机器不会感到煎熬。

我这位创造者不会是个疯子。他会是一位梦想家，一个有亲朋好友、醉心于工作的男人。我将把他带到崖边让他纵身一跃。我要将他的光辉事迹和骇人行径一并呈现。

我要叫他维克多·弗兰肯斯坦。

这意识是一切物质的母体。

——马克斯·普朗克

现实无法容忍过多的人类。

你的姓名?

利·雪莱。

媒体?

嘉宾。我是斯坦教授请来的嘉宾。

斯坦教授的讲座面向大众开放,在皇家学会的网站上实时直播。

皇家学会成立于一六六〇年,以深入研究自然科学、传播科学知识为使命。身处卡尔顿公馆的露台,俯瞰着摩尔大街,仿佛置身于最为阔绰安宁时的伦敦。事实上,这些新古典主义建筑是由约翰·纳西设计、在一八二七到一八三四年间建造的。灰泥粉饰,科林斯柱式立面,檐壁和山墙雕刻精美。

我们英国人如此善于营造历史恒久不变的宁静,但这是一种植入记忆——你可以说它是一种伪记忆。看似如此坚实可靠的一切,其实不过遵从了拆毁—重建这一无休无止的历史规律,动荡的过往被重塑为地标，奉为偶像，尊为传统，为我们所捍卫和坚守——直到又该请出破碎锤的时候，情况复又变化。皇家学会直到一九六七年才迁到此处。历史的面貌全凭我们塑造。

今夜我们是历史的塑造者，也是历史。

我看着观众入场：背斜挎包的学生，留短胡楂儿的前卫人士，在肖迪奇的伦敦科技中心工作的 T 恤青年，光鲜儒雅、穿手工西服的银行家，极客，科幻迷，两个戴头巾、帽衫上印着机器人索菲亚[①]的穆斯林女人。

这群观众里有不少年轻人。

维克多·斯坦在脸书和推特上拥有大量粉丝。他的 TED 演讲有六百万播放量。他是在推行一项事业，毋庸置疑。

有些人会疑惑：你到底是哪边的？

他会说没有"边"这种概念——二元思维属于我们的碳基过去。未来不属于生物——它属于 AI。

他的屏幕上是一幅漂亮清晰的图表：

一类生命：赖于进化。

维克多解释道：变化在几千年时间里缓慢进行。

二类生命：部分自我设计。

这是我们目前所处的阶段。我们可以通过学习开发自己的大

---

① 机器人索菲亚（Sophia the Robot）是由中国香港的汉森机器人技术公司开发的类人机器人。

脑软件，这里的学习也包括机器辅助。我们以个体和世代为单位自我升级。我们可以在一代人的时间内适应一个变化的世界——想想小孩子和 iPad。我们发明了各种各样用于出行和劳动的机器。马匹和锄头已经成为历史。我们克服了我们的一些生理障碍：眼镜、激光眼科手术、种植牙、髋关节置换、器官移植、义肢。我们已经开始探索太空。

三类生命：完全自我设计。

现在他开始兴奋了。在不远的 AI 世界里，我们身体上的限制将变得无关紧要。今天人类负责的许多工作将由机器人接管。智能——也许甚至是意识——将不再依附于身体。我们将学会和自己创造的非生物生命形式共享这个星球。我们还将殖民太空。

他说话时我仔细观察。我喜欢观察他。他有那种将灵魂拯救者和渊博学者合二为一的撩人气质。他的身材瘦削骨感。论年轻活力，他的头发足够浓密，论老成持重，发丝又花白得恰到好处。棱角分明的下颌、蓝色的眼睛、笔挺的衬衫、定制的收腿裤、手工皮鞋。女人仰慕他，男人崇拜他。他懂得怎样左右全场人的情绪。他会走下讲台以强调他的观点。他喜欢把讲稿揉成一团扔在地上。

他堪称福音频道科学家。可谁会得救？

在他身后，今晚的大屏幕上是达·芬奇的《维特鲁威人》。观众们静静地坐在那里，只见达·芬奇的画自己动了起来，画上出现了一个挂钩，上面挂着一顶毡帽，人摘下毡帽戴在头上，转身步入一片刚出现的海洋，海浪声清晰可闻。人的身影渐行渐远，直到海水没过他的头顶，只剩那顶帽子静静地漂在漠然的海面上。

维克多·斯坦面露微笑，他上前几步，转向大屏幕。他说，我之所以将这场讲座题为"后人类世界的人类未来"，是因为人工智能不会感情用事——它青睐可能实现的最优结果。人类并非可能实现的最优结果。

他喜欢观众和他互动，问他问题。他请台下观众提问。

其中一位穿索菲亚帽衫的穆斯林女人举起手，助理把话筒递给她。


斯坦教授，如你所知，汉森机器人索菲亚在二〇一七年获得了沙特阿拉伯公民身份。她拥有的权利超过任何一位沙特妇女。这说明了人工智能的什么特征？

什么也没有——斯坦教授说——倒是说明了沙特阿拉伯的不少特征。

（大厅里响起一片笑声，但那女人穷追不舍。）

在你的美丽新世界，女人是否会成为第一批被淘汰的牺牲品？

正相反，斯坦教授说，AI不必在过时的性别歧视上重蹈覆辙。如果根本不存在生物层面的男女两性，那么——

但女人打断了他——他讨厌被打断，但他会抑制自己的恼怒。

那么性爱机器人呢？永远不会对你说不的震动的阴道呢？

一个小伙也来凑热闹——是的，而且你连晚饭都不用请！

又是一阵笑声。小伙转向两个女人，咧开嘴巴亮出一个毫无性别歧视意味的纯熟笑容——开玩笑的！晚点儿我能请你们喝杯可乐吗？

斯坦教授感觉到观众的注意力正在涣散。一场场微型对话在大厅内蔓延开来，他举起一只手示意大家安静。

他有种与生俱来的权威——就像一位驯狮人。

他说，二者有本质区别，实现有限功能的中低端机器人——我倾向于把震动的阴道归为这一类——哪怕她能用八种语言叫你大男孩……（笑声。）

我看见后排有一个人影上蹿下跳要求发言，但斯坦教授没理他，接着说道，请听我说……实现有限功能的中低端机器人和真正的人工智能之间有本质区别，真正的人工智能指的是将学会自主思考的机器。

他停顿片刻，好让他的话发挥它的效果。所以，如果你关心的是最终女人是否会被机器人取代，就像《复制娇妻》里那样，顺便说一句，我喜欢这部片子，尤其是有格伦·克洛斯的那版翻拍——你看了吗？没有？好吧，你真该看看……是个大团圆结局（他说笑是为了让大家和他统一战线，赢回对局面的掌控，但还有人在抵抗）——那么我会说——

又一个女人站起来打断他。我看见他脸上泛起一阵怒意，好像被车头灯照中了脸。他后退了一步。我觉得那女人看起来眼熟。她有种难以取悦的魅力，发夹里钻出一绺金发，穿一件价格不菲的磨边夹克。

她说，斯坦教授，你作为AI的代表还说得过去，但将要创造你口中真正的人工智能的这个种族，事实上是由一群有自闭倾向、情商低下、大学宿舍社交水平的白人小子统治的。他们的美丽新世界怎么可能性别中立——或者在任何一方面保持中立？

我可不会把他们都说成自闭的白人小子，斯坦教授心平气和地说。

她说，在某些沙文主义文化国家，那儿的男人从小就学着看不起女人……他们是性爱机器人最大的生产地和消费地。

（我看见后排的那个伙计又开始招手了。）

她说，我们早就知道机器学习的结果有很深的性别偏见。亚马逊不得不停止使用机器筛选求职简历，因为机器一次次选择了男人而筛除了女人。AI跟中立毫不沾边。

斯坦教授举起手来请她暂停……我同意你对机器学习现状的看法。是的，问题很多——但我认为这些问题是暂时的，且不是系统性的。

那女人不肯退让。她攥住麦克风，对他吼道：人类的末日就那么了不起吗？

\* \* \*

礼堂中旋即响起一阵掌声，就连几位（理性、严谨、投资有前瞻性的）西装男士都鼓起了掌。

维克多看起来不高兴，但他不会说那是不高兴，他会称之为遭受误解。他等待着。他不是个耐心的人，但他懂得如何等待，就像一位演员或者政客知道该等到哪个时机再抛出台词。接下来他使出了他用得炉火纯青的一招——走出科学，步入艺术：

给事物以错误的命名即为增加世间的不幸。

他的语音识别应用把这句引言打在他身后的大屏幕上。我们盯着它。它真美，像一行公式。

停顿片刻。

他再一次等待，等学生们发完推特，等极客们停止在网上的搜索。他等待着，仿佛他的时间无穷无尽——我猜——如果他是对的——他的时间的确无穷无尽，因为在死之前他就能把自己的大脑上传。但随着讲座接近尾声，我们其余的人知道现在已经是周三晚上八点半了。你饿了吗？我看见前面的手机上闪出一句话。

维克多讲话慢条斯理，吐字清晰，声音温和，因为在美国工作过几年略带些美国口音。

他说，请让我首先重复一遍我在讲座开始时说过的话（换句话说，你们没听吗，金鱼脑？）。不是硅谷极客在偏执地把我们所了解的生命转变成算法——是生物学家在推动这一转变。有机和无机之间的壁垒正在自然科学领域被突破。

现场安静下来，他继续讲……

什么是算法？算法是解决反复出现的某一问题的一系列步骤。问题本身并不是坏事——更多的是"我该怎么做"。这个问题可能是——我每天上班的路线；如果我是棵树，我该如何蒸发水分。那么算法就是一台数据处理器。青蛙、土豆、人类可以被理解为生物数据处理器——如果你相信生物学家的说法。计算机则是非生物数据处理器。

如果数据是输入的信息，其余的都是处理过程，那么人类说到底并不特殊。

知道这一点有那么可怕吗？也许这倒让人松了口气。我们还没有厉害到成为宇宙的主宰，是吧？气候变化、动植物大规模灭绝、生物栖息地和旷野被毁、大气污染、人口控制不力、残暴无度、孩子气的感情带来的日常犯蠢……

他停下来，英俊的脸上露出凝重而真诚的表情；是的，我想他接下来要说的话是发自肺腑的：

如果人类工程即将进入尾声，别怪极客。

现场的极客们爆发出一阵响亮的喝彩。

维克多继续说道，而且别忘了，科学的目的是处理现实问题，而不是不着边际的幻想。科学不再相信智人有何特别。

维克多微笑着转向身后大屏幕上的那句引言：

给事物以错误的命名即为增加世间的不幸。

阿尔贝·加缪。你们可能没读过他的书，但也许该读读。不管怎么说，大家都或多或少知道圣经里伊甸园的故事，知道亚当的任务是给他的世界命名。如果你们跟我一样，相信宗教文学，就像神话，是我们为了反映人类心理的深层结构而创造的文学，那么是的，命名仍是我们的主要任务。诗人和哲学家清楚这一点——也许科学混淆了命名和分类学。也许，当我们早年试图和更早出现的炼金术士划清界限的时候，我们忘记了命名即权力。我无法召唤鬼魂，但我可以告诉各位，以正确的名字称呼事物不仅仅是给他们挂上身份牌、贴上标签，或者编一个序列号。我们将召唤一种愿景。命名即权力。

他走到讲台前端，脚尖踩在讲台边上。他说，我想象中的世界，AI将成就的那个世界，不会是一个贴满标签的世界——不再有男女、黑白、贫富这样的二元对立。在那里，我们无须区分头脑和心灵、感受和思想。未来不会是现实版《银翼杀手》，不会像电影里一样，复制人渴望像人类一样被命名，进而像人类一样被认识。我计划中的未来要宏大得多。当我们开发真正的人工智能时，我们在做什么？我们在召唤一种愿景。

（他退后，停顿，等待，保持，开始。）

哪怕，哪怕第一代超级智能是可被称作"白人男性中心主义默认程序"的最糟糕的迭代，这一代智能的第一次自我升级也会开始修正这些错误。为什么？因为我们人类只会给未来编程一次，在这之后，我们创造的智能将会管理其自身。

以及我们。

谢谢大家。

掌声，掌声，掌声，掌声。

未来是一款看起来还不错的应用。

我相信他。这一瞬间我真的相信。瓦尔哈拉[①]在燃烧，白人男神纷纷坠入火海，但莱茵河的黄金[②]如故——纯洁不染——它将被再次寻获，像第二次机会，像新的开始，而人类统治地球的日子将成为不堪回首的往事——顺便说一句，地球将被修复为自然保护区，因为 AI 用不着靠购物中心和汽车满足自己的欲望。你对机器人顶替你工作的所有担忧——老兄，你根本无法想象即将到来的世界……

那不是我说的——那是条推特。

---

① 瓦尔哈拉（Valhalla），北欧神话中众神之王奥丁的宫殿，设宴犒赏英灵战士之地。
② 莱茵河的黄金（Rheingold），北欧神话中，莱茵河底的岩石上镶嵌着一块黄金，将其铸成指环者能统治世界。

讲座后有酒会。我们可以瞻仰牛顿、胡克、波义耳、富兰克林、达尔文、法拉第、沃森和克里克的肖像（向罗莎琳·富兰克林表示歉意——沃森和克里克揭开 DNA 结构所需的关键 X 射线衍射图，正是由这位女士提供的）。

还有蒂姆·伯纳斯·李、史蒂芬·霍金、文卡·拉马克里希南，所有那些大人物。而皇家学会只有一位女性成员得过诺贝尔奖（多萝西·霍奇金），也许下一个会是一位叫索菲亚的沙特阿拉伯公民。

两个穿帽衫的女人正在问维克多是否见过索菲亚，那个有幽默感的汉森机器人（"我要把人类杀光"）。他见过。他喜欢她。她是机器人科学让人心安的代表。人类和机器人通力合作创造更美好的生活是一切的关键。

我知道维克多对机器人科学不太感兴趣——他想要纯智能。但他把机器人视为一个过渡物种，能帮助人类适应其未来角色。而这一角色的性质尚未明了。

理论上，如果你是机器人的所有者，你可以派他出去工作，挣的钱归你。你可以在家把他当免费用人使唤。你也可以派他去给你的有机农场除草。一定很惬意。但世上的事什么时候那么如意过？在人类的梦里？

在人类的梦里。

窗外，一只猫在护墙上漫步。

长发披肩，皮夹克下搭一件柔软的丝绸短裙，刚才攥着话筒不放手的那个女人推开人群朝维克多走来。她带着猫科动物的攻击性，一半野性，一半驯服，像动物园里一只会读书写字的猫。

然后她看见了我。老天爷！她说，是不着调博士！

是的，是她。波莉·D，VIP小姐。

你的远程性爱设备后来怎么样了？我说。

你到底是谁，你是干吗的？她问，一边在iPhone上按下了录音键。

和之前一样，我是个医学博士。看！

我对她晃了一下我的证件。现在她开始不自在了。

这时她看见维克多朝我走来。她进入了代表官方的工作模式。斯坦教授！我叫波莉·D，在《名利场》工作，我很久之前给你发了邮件，没有收到回复。这是为什么呢？我想问你几个问题。

现在不是时候，维克多说，讲座内容就在网站上，你可以通过链接给我发邮件。

我有几个问题，波莉·D坚持说。

抱歉，失陪了，维克多说，我今晚有客人要招待。利！

\* \* \*

维克多拍了拍我的后背。我笑着对波莉耸了耸肩。我有点儿得意。但紧接着我就得意不起来了,我显然是被困在了一场把一群毫不相干、毫不相称之人凑在一起的梦境里。他就在那儿……和他的人生一样膨胀。

你跟伦·罗德见过面,是吧,利?

皱巴巴的灰色亚麻布西装——裆部有淡淡的尿渍——我猜那是尿——第五、六粒扣子之间有个巨大豁口的粉色衬衫。衬衫底下的皮肤也是粉色的。信息量太大了。

伦盯着我,不情愿地伸出手。好吧,很高兴又见面了,利恩。

利,只有利。

不是利恩的简称?

利(Ry)是玛丽(Mary)的简称。

伦不说话了,他正忙着处理这条信息。人类的问题在于,根据个体和信息的不同,每个人处理信息的速度也不同。在某种程度上机器更容易打交道。如果我刚刚告诉一个机器智能我现在是个男人,但我出生时是个女孩,它就不会因此降低处理速度。

那你是个女的?伦说。

不,伦,我是双性。我的名字叫利。

那你是个爷们儿?伦说。

不仅仅是。

超人类?

跨性别。

你看起来像个爷们儿，伦说，不是纯爷们儿，但也是爷们儿。早知道你是个姑娘，我就不让你在性博会采访我了。

我是个跨性别者，我又说了一遍。

维克多把手放在伦肩上。

伦打算投资，维克多说，投给优普提莫。

优普提莫是维克多的公司。

优普提莫的商标上写着：**未来即当下**。我讨厌这句话，因为如果未来即当下，那现在又在哪儿？

我觉得教授和我同属一行，伦说。

真的？我说，双眼看着维克多。

是啊，维克多说，未来行业。

维克多面带笑容。这未必总是个好兆头。伦，你把克莱尔带来了吗？

带了！我把她折起来放在寄存处了。她对折以后只有八十厘米左右。我把她放在健身包里了。那儿有好几个——我是说健身包。我的上面写着"阿迪达斯"。

我想我们的客人中会有人想见见她，维克多说，她能让人安心。

伦可没那么安心。我不喜欢你对性爱机器人的评价，说她们构不成威胁。每一种新的开发成果都是威胁，不是吗？总有一天机器人会成为独立的生命形式。我说有可能给你投资的时候，你是这么说的。

是这样的，维克多说，但目前所有性爱机器人都是目标狭小的机器人。

你是说她们的穴道狭小？伦说。

我不是这个意思，维克多说。

那你到底是什么意思？伦说，什么意思？到底？

我的意思是，维克多说，你的机器人只有包装盒上说明的那些功能。她们的目标是给人以性和个人满足。

这不是目标狭小，伦说，这包含了一切。男人想要的就是这个。

不是所有男人，维克多说。

我就不想要，我说。伦看着我，眼神中的怀疑和惊愕又深了一层。他把空着的那只手揣进兜里，对我晃了晃装着威士忌的酒杯。听着，不管你叫利恩、玛丽、还是别的什么名字，我不是想打探隐私，只是你有阴茎吗？

我想这就是隐私，维克多说。

没有，我说，我的名字叫利，我没有阴茎。

既然这样，伦说，好吧，没有阴茎。所以你其实不是个爷们儿。那爷们儿想要什么——嗯，跟你没关系，是吧？

男人等于阴茎吗？我问伦。

他看着我，就像我是他见过的头号蠢货。他说，你要是不愿要阴茎，干吗想做男人？

男人不是长了腿的阴茎，对吧？

多少就是吧，伦说。

比这还是要多那么一点儿，维克多说。

我不确定下面该怎么接，所以把话题限定在个人范围。我对伦说，我做女人时感觉不舒服。

为什么？

很难解释。

你喜欢女人吗？你喜欢女人但不想做拉拉？我懂。

我对男人感兴趣，我说。

伦倒退一步，手防护性地移向裆部。我想说，别担心，伦，我说的不是你。

有人来找维克多说话，这样一来只剩下我和不知所措的伦。他说，好吧，利恩，我不知道你是爷们儿还是什么，但你确实是个医生，对吧？

没错。

在医院工作？

是的。

你怎么认识教授的？

我给他提供身体部位。

伦的粉鼻子像狻犬的鼻头一样抽动起来。他指望从我身上闻出霉味吗？他在寻找血迹吗？寻找我指甲缝里的泥土？

我又不是盗墓贼，伦。你以为我会半夜扛着撬棍和麻袋往墓地里跑？你以为我会挖开土堆，撬开棺材盖，把身体从最后的安息地抬出来，带着潮湿腐烂的衣服，运走去解剖？

不是！不是！伦说，意思是，是的！是的！

过去，解剖完以后，人类遗骸会被碾成骨粉，做成蜡烛，或者喂猪。一点儿也不浪费。可以说埋葬才是浪费——至少就现在的埋葬方式而言：封在结实的棺材里，防虫，防雨，尽一切手段阻止死亡的自然进程。

死亡是自然的。但没有什么比一具死尸看起来更不自然。

它看起来不对劲，是不是，利？我记得我们第一次见面的时候，维克多轻柔、急切的声音从我身后传来。它看起来不对劲是因为它的确有问题。

维克多·斯坦的工作横跨智能医疗和机器学习两个领域。他正在教非人类智能诊断疾病。机器比我们更精通疾病相关的算法。未来的医生将会是机器人。但血肉之躯是实实在在的，你不能靠课本和录像学习解剖。只要还有身体存在，你就离不开身体。身体部位。我见过那些小探头好奇地划过一只断臂的肌肉（经过防腐处理），伸入一条腿的软组织（正在腐烂）。做腿部截肢的时候，你得把断腿抬出手术室。腿的重量惊人。

你截断腿？伦说。

不光是腿，我说。

是怎么截的？伦问。

用锯……

伦现在脸色更苍白了。

然后烧灼截面，把弃肢洗净干燥，装进大塑料袋密封，贴上标签放进冰箱或者冷藏室——或者焚化炉——看情况。

看情况，伦重复道。

看它未来的可能性。不是所有的断腿都有未来。

你提前就知道吗？伦问。

通常是的，但有时候也有意料之外的截肢手术。而且截肢的长度也不确定……病人能否使用义肢也不好说。你应该和斯坦教授聊聊义肢。超人类强化也许会从电脑控制的义肢开始。

我喜欢我的腿，伦说着低头看了看，它们跑不快，而且是两条粗腿，但它们跟了我好久。

我理解，我说。

伦停顿片刻，打量着他的腿。他带着人们对医生那种孩子气的信任问我，我的腿有多沉？

伦的腿短而结实。我做了个猜测：大概二十公斤，从这儿截的话……我用手指在腹股沟的高度划了一下。他的那东西在左裤腿里。

伦跳了一下，不安地低头看着他依旧健在的下肢上那块皱巴巴的布料。

你的手可真大,他说。

更适合给你截肢。

伦往后退了一步。

你考虑过把身体捐献给科学吗,伦?我问。

你有双爷们儿的手,伦说。

我的确长了一双大手,我承认。我母亲就有双大手。她生我的时候死了,但我有她的照片,照片里的她目光清澈,强健无畏。你会想念一个你不认识的人吗?我想念她。

我身高一米七三,不算特别高,是那种窄胯长腿的修长身材。做胸部手术的时候,我身上没有多少可切除的,在那之前激素已经让我的胸部发生了变化。我是女性的时候从没穿过文胸。我喜欢我的胸部现在的样子:强壮,光滑,扁平。我把头发在脑后梳成马尾,像个十八世纪诗人。照镜子的时候,我能认出镜中的人,或者说,我认出了至少两个人。这就是为什么我决定不做下身手术。我就是我现在的样子,现在的我不是一个身份,不是一种性别。我过着一种双重人生。

维克多回来了,给伦又端了一杯威士忌。

看来你们两个聊得不错,他说,用他一贯带着询问的眼神看着我。

我在跟伦说给你提供的身体部位,我说,我在给他解释我们的特殊关系。

啊,是的,维克多说,每个实验室都需要身体部位。他看我的眼神开始变得焦虑:我说了多少?真糟糕。让他也出出汗,像伦·罗德一样。

我没告诉伦的是,维克多·斯坦对身体部位的需求量超出了他研究经费的负担能力。

这时两个穿蓝衬衫的保安一路飞奔穿过大厅,边跑边戴手套,并挥舞着电击枪。退后退后退后!

维克多跟着保安,我跟着维克多,朝寄存处跑去。寄存处接待员脸色苍白。

就在那儿!她说,它是活的!会动!那个包里有动物。

保安移向那个阿迪达斯健身包。他弯下腰。老天爷,我听见有东西在说话!

他的同事朝背包俯下身,这位不太相信。

你以为自己是怪医杜立德吗?他说,戳它一下!

他戳了戳那个包。没有反应。

此时寄存处已经聚集了一群人。保安站在椅子上。有人认领这个阿迪达斯健身包吗?

伦·罗德粉扑扑的手出现在人群上方。

那是我的包!

请打开它,先生!保安说。

我看见波莉·D正站在一把椅子上用手机录像。

伦用肩膀推开人群，仿佛这里是他开的夜总会，他就是自己的保镖。他提起背包，放在寄存处柜台上拉开拉链，露出一个对折的性爱娃娃，她的牛仔夹克上用小亮片绣着"克莱尔"。

爹地！克莱尔说。

我不知道她怎么启动了，伦说，她是由应用程序控制的。

这是什么东西？保安问。

她是个性爱机器人。教授让我把她带到讲座来，说不定会有人想看一看。等一下，我得把她展开。

伦把克莱尔的腿一条一条放下来。

分开我的腿，爹地！再开大点儿！

尴尬的窃笑，太可怕了，我的天啊，哎呀，这不可能，恶心，真不赖，让我瞧瞧！

克莱尔双腿展开后，伦让她站起来，像表演腹语似的在后面扶着她。克莱尔身穿一条短裤和一件紧身露脐上衣，衣服下是一副黑文胸。伦给她理了理头发。

这是她的旅行装扮，他说，要是穿裙装，你把她的腿折起来的时候会把裙子撕裂。

撕裂我！克莱尔说。

抱歉，伦说，克莱尔设置成卧室模式的时候说话有点儿露骨。

他一边从兜里掏手机一边说，我可以在应用里把她设置成待客模式。等一下……

别让我等，爹地！

这下面没信号，伦说。

我摸我自己下面！

克莱尔就像只发情的鹦鹉。根据程序设定，她能够识别和重复词语。伦把手机举过头顶。他说，我要收拾收拾我这该死的手机，谁能帮我扶一把克莱尔？

伦把克莱尔往站在旁边的一个女人身上一推。

那女人简直不敢相信自己正抱着个性爱机器人。

把它转过来！面朝我！波莉·D在椅子上喊道。

哦，我的天哪！那女人说，她有差不多一尺五的腰，三尺的奶子。

奶子。奶头。鸡巴。克莱尔说。

棒极了！一个极客小子说。

她背上这个托架是什么？一个人问，他在研究克莱尔。

那是个备用配件，伦说，可以把她架在墙上。

像挂在墙上的战利品一样？一个女人说。

不！伦说，是让你站着操她用的。

站着操我，爹地。

真下流！波莉·D叫道。

伦耸耸肩。随你怎么说……

几个小伙子很享受这一切，我能从他们牛仔裤的隆起看出这一点。伦用他的胖手指在iPhone上操作着，身上的汗水清晰可见。

今天路上顺利吗？克莱尔说。

感谢上帝！伦说。她现在进入待客模式了。我明白这里是一所严肃的科学机构。

你来自哪所机构吗？

请让我解释，伦说，克莱尔是一部性治疗设备。这一款没有多精明，但她会照你说的做。

（围过来的人群中发出一阵窃笑。）

来，伦说，我给你们演示。把你的手指放到她嘴里。来啊。

一个男人迟疑了一下但是照做了。他像被咬了一口似的向后一跳。太诡异了！

震动，是吧？伦说着，脸上绽出灿烂的笑容。这还只是你的手指。那也只是她的嘴。

（笑声。）

这有什么意义？我对维克多说，你为什么要鼓励他？

维克多耸耸肩。这是将来的世界。等人们一天到晚无事可做的时候，他们会将大把的时间花在性上。

那不是性，维克多。

我无法和你做出相同的论断，利，不管你是清教徒还是浪漫主义者。

我是个人类。

自动化生活即将成为现实，到那时将有几百万人类不再占有一席之地。如果你是他们中的一员呢？轿车、卡车、公交车、火车都会自动驾驶，便利店和超市会智能追踪你要买的商品，你的房子会启用维修诊断，你的冰箱会自动订购食品，机器人会帮你做家务、逗孩子。你一天到晚还能干什么？

你在讲座上可不是这么宣传的。

对于我们这些能够成为新世界一员的人，情况就不同了。对于我们，人生将是无限的。

你喜欢你的工作吗？克莱尔说。
・・・・・・・・

至于其他人，维克多说，他们的生活中得有消遣和催眠。性爱娃娃两者都能提供。

女人就无福消受了，我说。我们朝人群看去，现在他们分成了两组，男性和女性，男人大笑着跟伦打趣，女人则绝望又或疑心重重地彼此低声私语。

我同意，维克多说，女人更难取悦。

\* \* \*

波莉·D这会儿看起来很是得意，她从椅子上跳下来，绕过人群走了。

她盯上你了，维克多，我对他说。

没什么好担心的，他说，我见过她。她是个记者，仅此而已。

伦·罗德呢？我问他，你干吗想要他的钱？

维克多耸耸肩。干吗不？他孤军奋战，是个局外人。他想要结果，我也有想做的事……

什么样的事？

我们正处在一个有趣的时刻……维克多说。

伦·罗德过来了。他自认为大获成功。

他们爱她！只要一认识她，是的，他们都爱上她了。我跟你们说——我要请大家出去吃点儿东西。教授！利恩？我能干掉一份牛排。

好在它已经被干掉了，我说。

伦看着我，眼神中更多的是悲哀而不是愤怒。

利恩，我在邀请你，伦说。

谢了，伦，但我是素食主义者。

我就知道你不是爷们儿，伦说。

利！跟我们去吧。我们可以走到希基餐厅，你可以点素食鱼。

伦转身去把克莱尔从她的仰慕者那里接回来。

维克多对我说，我一会儿能见到你吗？

你一会儿想见到我吗？

我现在和那时都想见你。

我会给你打电话，我说。

伦拎着装满克莱尔的阿迪达斯包回来了。
我举起（大）手告别。走着，走着，消失不见。

外面的摩尔大街上，建筑在细雨中变得朦朦胧胧。湿漉漉的人行道光滑得像玻璃纸，我的靴底在上面留下一串脚印。我回头看去——身后有我的足迹，接着那些脚印又被雨水冲净。马路上，汽车亮着红色的尾灯排成队。鸣笛声、交通噪声，无休无止，让人宽慰。雨大了。街上的人戴着兜帽，打着雨伞，行色匆匆，从某处来，往某处去，塞着耳机，脸被手机光照亮，分散而孤立。

我孤身一人。

我果真孤身一人吗？

这种唯我状态总会被什么打破。
她跟了上来。波莉·D。
听我说，之前我太粗鲁了，我很抱歉。我能请你喝一杯吗？
当然，我说，你想去哪儿？
我是一家俱乐部的会员——不远——布里奇斯2号，就在特拉法加广场的另一头。

很快我们就在一间小小的木板隔间里落座了，这里就像一座由木板小隔间组成的迷宫，有些还带开放式炉火。说现在是一八一六年也并无不妥。波莉·D把酒倒进分酒器，要了一盘面包和奶酪。她说，我爱这个地方。我喜欢一切跨越时间的东西。让我觉得自由。
好像有点儿假，我说，也许有点儿过于像主题公园了？欢迎来到十九世纪？

我们都不是以自己的真实面目来到这里的,对吗?她说,都在扮演某个角色。

　　(我没有回答,只是看着她的镶边翻毛皮靴。)

　　我无意中听到,她说,你是跨性别……

　　是的。

　　这造型不错。

　　这不是造型,是我本身,两个我,整个我。

　　我懂了,我懂了。(不过她自然会这么说。)你更喜欢男人还是女人?她接着说,作为伴侣的话?

　　我都有过。我好像更喜欢男人。

　　性那方面?

　　是的,性方面。

　　你完全是女性的时候也这样想吗?

　　我说,我现在就完全是女性,我一定程度上也是男性,我是这样看的。不过如果要回答你的问题——我跟一个女人交往过一段时间,但并无结果。

　　感情还是性?

　　感情。

　　(我不想谈这个。)

　　也许我可以采访你?跨性别是当下热门话题。

这不是个赶潮流的选择,好吗?

不,不,我的意思是,你作为医生……使用大量的激素,接受手术,那是什么感觉?你会成为偶像的。

波莉,我不是凯特琳·詹纳,我不想上《名利场》。

波莉·D看起来是真的困惑了。为什么呢?她问。

我一言不发地坐在那里吃奶酪。几分钟后,波莉意识到她需要找一个新话题。她又给我倒了点儿酒,和我有了眼神接触。

那么你认识他?维克多·斯坦。

我认识他。你今晚好像很有敌意。

不是这样的……(她松开发夹,把头发甩散,俯身向前。)我不信任他向我们宣传人工智能的方式。大众连对话都无法参与,更不用说做决定了。总有一天,我们会早晨一觉醒来,发现世界再也不是原来的样子。

那一天可能是任何一天,我说,可能是气候灾难,可能是核战,可能是特朗普或者博索纳罗[①],也可能是《使女的故事》。

我就是这个意思,她说,我们以为变化是逐步的、渐进的,以为我们会习惯、会适应。但这一次感觉不同。而且我恨那些该

---

[①] 美国第45任总统唐纳德·特朗普(Donald Trump)和巴西第38任总统雅伊尔·梅西亚斯·博索纳罗(Jair Messias Bolsonaro)都以歧视性少数群体、女性和少数族裔的政治主张著称。

死的性爱机器人!

真的?智能震动棒???远程性爱设备?

她大笑起来。她笑起来很平和,甚至有一丝和善。

她说,我需要为女性测试那些情趣玩具和智能应用。那太疯狂了。你知道有了那么一款私人性治疗应用,就像有了一个从没有过的朋友。

也许我从不想要这么一位朋友,我说。

你有朋友吗?她问。

当然!你呢?

她没回答我的问题。那么告诉我,你在孟菲斯做什么?她说。

你可以在维康信托基金会的网站上读到那篇文章。

给我发个链接,她说,你的邮箱是?

我给她发了链接。我说,那篇文章谈论的是人类关系、心理健康和机器人对二者的影响。顺便提一句,我认为那未必是负面影响。

波莉(再次)打断了我。你觉得性爱机器人没有负面影响?

让我说完!并不是只有性爱机器人。很快就会有迷你智能伙伴和孩子们做伴。这些机器人胸前有电脑屏幕,它们会给孩子唱歌,讲故事,做游戏,它们是母亲的小助手,它们……

波莉又插了进来:但那只是宣传的一部分,不是吗?再说大的那个呢?真正的人工智能呢?

我们离那时候还远着呢。

你怎么知道？

维克多知道。

你喜欢他吗？

是的，我喜欢他。

你们两个怎么认识的？

（难道这才是她真正感兴趣的话题？）

你为什么想知道？

我想给他写篇专题。这不容易，他总回避。

我不是打开这扇门的钥匙，我说。

你在和他恋爱吗？

你想到什么就说什么吗？

我只是好奇……你今晚和他在一起时的某种感觉。

多谢请我喝酒，我说着起身离开。

现在雨下大了。街上空空荡荡。我的医院离这里不远。临终病房里挂着一块手绘标牌，是一位病人做的：

爱如死之坚强。
・・・・・・
是圣经里的一句话。《所罗门之歌》。

我和他在死亡中相遇。亚利桑那，凤凰城，阿尔科生命延续基金会。

未来即当下

这座未来主义的藏骸所，这座存放逝者的库房，这座不锈钢铸就的坟墓，这道液氮填充的地狱边境，这段首付预定的永恒，这块空虚的琥珀，这场孤注一掷的奇迹，这间抛光打磨的停尸房。这个沙漠中的地址，一座适合安身的小城。这条日落大道，死者横陈，无人行走。欢迎光临玻璃人旅馆。

阿尔科开业于一九七二年——中国的鼠年。它们是终极生存王者。

如果你决定在这座死者的赌场为自己的复活下一注，接下来发生的事是这样的：

一旦死亡——这时医疗团队最好已经在附近集合，戴好口罩，不动声色地等你咽下最后一口气——你的身体就会被浸入冰水，把体温降至约十五摄氏度。心肺复苏器会人工恢复你的血液循环和肺功能，不是为了让你复活，而是为了防止你的血液在腹部淤积。

医疗团队会把你的主血管和一台灌流机相连，抽干你的血液，注入化学溶液，防止细胞中形成冰晶。你会被玻璃化——不是冰冻。将你全身注满防冻液大约需要四小时。你的颅骨会被钻上两个小洞，以便观察大脑的灌流情况。

接下来的三个小时，你暂停运转的身体会被继续降温，确保它变得像玻璃，而不是冰。两周后，你就准备好进入自己最后的安息地了——至少就此生而言。

我是应邀而来。他们邀请我加入实地医疗团队。如果你死在离阿尔科太远的地方，队里的医务人员和护理人员会在足够短的时间内处理好你的身体。

（我们多数都会死在远离阿尔科的地方……）

这是一次错误的邀请。我是为数不多的跨性别医务人员之一，我们中有人也是超人类狂热人士。这不奇怪：我们都感觉，或已感觉到自己生错了身体，我们能理解这种没有一副身体适合自己的感觉。

不同的人对超人类的理解不同：智能植入、基因改造、义肢强化，甚至是以仿真大脑的形式永生的可能。

就这样，由于一个寻常的语义混淆——人类每天都会遇到的那种——我受邀成为守护生命的白骑士。黑骑士是死亡。我的使命是驰援生命。心跳停止后，能够阻止身体细胞、系统和组织衰变的时间并不多。

某种意义上，如果你致力于维系生命，那么根据其定义，你就不相信死亡不可避免。我的工作是延续生命。阿尔科则希望无限期地延续生命。

麦克斯·莫尔是这所机构的首席执行官兼总裁，他希望随着未来业务的扩展，我能够加入他们的国际团队，驻扎英国。麦克斯是英国人。他希望我们能赶上未来的列车。

我们给这个地方起名阿尔科，他说，因为这是五等星的名字。你如果视力好就能看到它，但它在远方，就像未来。

有一天，麦克斯说，我们将与群星同在。

人体冷冻唯一的问题是，没人知道如何在不破坏尸体的情况下将它重新加热。但正如麦克斯所说，达·芬奇早在动力飞行出现几世纪前就绘制出了直升机的图纸。

那个时刻会到来的，麦克斯说，向来如此。

他建议我自己四处转转，感受一下这个地方。

于是我置身于这座巨型不锈钢库房似的建筑中，除了设备的低鸣，四周一片寂静。

为了保护隐私，冷冻舱上没有姓名，只有一台除外。它远比其他冷冻舱小，不像太空舱，更像一根雪茄烟管，舱上有张标签，写着：詹姆斯·H.贝德福德博士。

我知道贝德福德冷冻于一九六七年，是第一个以冷冻方式保存遗体的人。

一九六九年：宇航员登上月球，贝德福德则进入了内太空。他是人体冷冻的先驱。甚至有那么几年时间，他的家人把他放在自助仓库里，自己充入液氮。

最近他被转移进了一台更先进的存储舱。开棺的时刻激动人心，仿佛他是一具来自古孟菲斯的现代木乃伊。他的身体显然保存完好，只有一处胸骨骨折和鼻梁塌陷。等他复活的时候这些都能修复。

我听见身后传来一个人的声音。这有点儿像件艺术展品，是吧？你看过达明安·赫斯特那只鱼缸里的腌鲨鱼吗？他给它起名叫什么来着？《生者无法理解之死亡》。

我转过身。是个五十多岁的男人，保养得很好。肉毒杆菌无疑。如果我能找到他耳后的条状疤痕，或许还不止于此。皮肤紧致，面庞光洁，一双不安分的深色眼睛。他伸出手向我问好。

我叫维克多·斯坦。

我和他握了握手。利·雪莱。

他攥住我的手：我们见过吗？

一个奇异的、恍如来自另一世的答案在那一瞬间闪现：是的。

没有，我说。

他看着我，微微点头。

你在这儿待多久？

我明天一早就走。我是麦克斯的客人。

啊，是的。那位英国医生？

是我。你在这儿工作吗？

不，不。我来看一位朋友。我叫他"英国病人"。

他微微一笑，我微微一笑。他接着说，对了，你介意一会儿喝一杯吗，等你工作完了？我知道个地方……

我已经准备好说不了。

好啊，我说，有何不可？

时间像条拉链，有时它会卡住。

几小时后，麦克斯·莫尔回家了，我在汽车旅馆收拾好行装，吃了顿外卖，看了糟糕的电视节目，除此之外无事可做。我便坐进维克多租来的SUV，跟他一起出了城。餐厅、加油站、零售店，一辆辆卡车不知驶向哪儿去，一辆抛锚的吉普哪儿也去不了。挡风玻璃上热浪滚滚，长路走了一程又一程，留下两行尘土飞扬的车辙。

我们驶入了索诺拉沙漠的耀眼空旷中。

你家乡在哪儿？他问我。

曼彻斯特。

有意思。

曼彻斯特怎么有意思了？

没什么——噢，也许有点儿什么，我的实验室在那儿，在大学里。它由私人出资赞助，但由曼彻斯特大学主办。

我出生在曼彻斯特，但我现在不住那儿。

伦敦？

是的，伦敦。

我们都是环球旅行家，不是吗？我们都在异地。你知道吗，世界上有三十六个曼彻斯特，其中三十一个在美国。

工业革命的杰作，我说。

事实上，他说，这要归功于兰开夏郡棉纺织工人与亚伯拉罕·林肯在奴隶制问题上的不谋而合。曼彻斯特工人拒绝加工奴隶制种植园出产的棉花。那时候，世界上百分之九十八的棉花都是在曼彻斯特加工的。你能想象吗？

时代变了，我说。

是啊，他说，许多棉纺织工人因为生计艰难买了船票，从利物浦出发到了美国这片美丽新世界，把他们的曼彻斯特也带到了这儿。未来总留有过去的印记。

和人类一样，我说，线粒体 DNA。

他点点头。男性不携带这个,是吧?

我说,男性也携带,但他们不能遗传给下一代。只有母亲能遗传,可以一直上溯到我们所有人的母亲。

他说,在二十万年前的非洲,出现了第一批人类。想想到工业革命我们走了多久,再想想过去两百年间我们走得多快,走得多远。

你打算冷冻遗体吗?我问他。

当然不!你呢?

不!

这办法过时了。没人愿意要回他们病恹恹的身体。不过大脑嘛——是的……那才是他们现在的头部计划——原谅我的双关——我相信麦克斯告诉过你了?你在他们的网站上见过这个吧?维克多把他的手机递给我。

> 以尽最大可能保存人脑为重点的人体冷冻技术被称为脑神经冷藏。大脑是一种脆弱的器官,如从颅内取出会导致损伤,因此出于合理的伦理与科学原因,它在冷藏和存储期间被留在颅内。这使人产生了阿尔科冷藏"头颅"的错误印象。更准确的说法是阿尔科以损伤最小的方式冷藏大脑。

你真的相信大脑复苏后能够恢复功能和意识?我说。

很有可能,他说。

他握着方向盘的手修长干净，经过精心保养。我关注人的手。我是个外科医生。他的小指上戴着一枚金印章戒指。

他一打方向盘，把车开进一片沙土场地。我看见一座铁皮顶棚屋和一条带遮阳顶棚的步道、仙人掌、大野兔、室外木桌、吧台转椅、穿老鹰乐队T恤的漂亮女招待、"放轻松"几个字、岩石上的四玫瑰波本威士忌、烤吐司、矇眬的落日、飞过天际的大鸟。

当然，维克多说，我更希望的是能把自己上传，或者说把我的意识上传到一个非肉质的基底。不过目前，这还不是延长生命的有效方式，因为扫描和拷贝大脑内容的手术会要了我的命。

可是环境不也是内容的一部分吗？我问他，你的经历、你的境遇、你生活的时代？意识不是飘浮在虚空中的，它受环境的牵绊。

的确，他说，但是你知道，现在我们多少人身处异乡，算是某种程度上的移民，我相信这种现代大流散——全球化，多文化，不再那么安土重迁，自身的塑造不再那么依赖最切近的家国渊源——所有这些都在为我们做准备，让我们接受一种更宽松自由的观念——自我是一种环境可变的内容。

民族主义正在抬头，我说。

他点点头。这是倒退，是恐惧，是对未来的抗拒。但未来无法抗拒。

我问他做什么工作。他的专业是机器学习和人体机能增进。他先是在剑桥的计算机科学专业拿到了第一个学位，后来在弗吉尼亚理工学院计算机学习专业获得了"机器人能否阅读？"这一方向的博士学位，有过一段在洛克希德[①]工作的辉煌履历，之后在DARPA，即总部位于弗吉尼亚的美国国防部高级研究计划局秘密工作过一段时间。DARPA是一家资金充裕的联邦政府机构，负责研发军事科技设备，包括无人机和杀手机器人。他目前在给雷尔斯义肢做顾问，指导他们如何把"智能"假肢变成与身体协调的部位。

但他的日常工作，他说，是在他的实验室里教机器诊断人体状态。

祝你好运，我说，我都不知道怎么诊断人体状态，更不用说治疗了。

终结死亡，维克多说。

这不可能。

仅就生物有机体而言。

女招待走过来，穿着短裙，挂着灿烂的微笑。她发现我在看她的"放轻松"T恤，误解了我的兴趣点。她似乎并不在意，我猜她习惯了。她转过身，T恤背后写着歌里的一句话：我们或赢或输，

---

[①] 洛克希德·马丁空间系统公司（Lockheed Martin Space Systems Company），简称LMT，成立于1912年，是一家美国航空航天制造商。

但我们再难邂逅此处。

这有点儿伤感,是吧?她说。

你希望永生吗?维克多问她。

永生太漫长了,她说,我希望能健康美丽,也许活到一百时看起来还像二十五。

如果你活到一百看起来还像二十五,你对死亡会是什么感觉?维克多问。

女招待仔细想了想这个问题。也许可以给我们编好终止程序?她说,像《银翼杀手》里的复制人那样。

那太难了——当那一刻来临的时候,维克多说,那些复制人并不愿意。

我想,难一些我也受得了,女招待说,我现在日子就很难,但我应付得来。我有个孩子,除了这份工作我还做美发。生活不易,难不是问题,糟糕的是无望和无助。

说完她又走到另一桌俯身招待。你相信她吗?维克多说。

我相信她相信自己。那不是一回事。

维克多点点头。他说,告诉我,利,如果你确信只要颠覆关于思想、关于身体、关于生物、关于死亡、关于生命你习以为常的一切,如果你确信这一颠覆将开创一个私人、社会、全球的乌托邦,你会冒这个险吗?

(他疯了,我心想。)

会,我说。

他又从酒瓶里给我们倒了点儿波本威士忌。酒的未来是什么？我说。

他举起酒杯。就像我说的，未来总留有过去的印记。

我有种感觉，他很能喝。但他没有啤酒肚，没有红脸膛，没有皮肤松弛。他看起来像个天天喝黄瓜水的养生保健狂。他一口喝干了威士忌。奶酪烤吐司他还没动，我打算把他那份吃掉。他看得出我在想什么，他说：我不喜欢把蛋白质和碳水混在一起。一会儿我们可以在这儿要份牛排。

我明天一大早就走。

既然你今晚不走，我们可以吃顿晚饭。

人们很容易被一个控制欲强又不乏魅力的人控制。而且工作之外，我讨厌做决定。我打算在这件事上听凭摆布——再说，我已经在一座死尸回收中心待了一天，食物、酒和一个疯子是不错的消遣。

我内心深处有种感觉，维克多·斯坦是个高功能疯子。


他说，你一定听说过阿兰·图灵吧？

我已经在点头了。有人没听说过吗？解密码，布莱切利园[1]，本尼迪克特·康伯巴奇演得恰如其分的那个孤独症计算机天才。

---

[1] 布莱切利园（Bletchley Park），第二次世界大战期间，阿兰·图灵等英国密码破译员进行密码解读的主要场所。

那么，维克多·斯坦说，你知不知道在图灵第一次使用"computer"（计算机）这个单词、这个术语的时候，他指的压根不是机器，而是一个人。这个人承担计算工作……诚然，这个人会分析机器生成的数据——但也许当他把计算机想象成一个人的时候，他不经意间前瞻性地预感到了我们的发展方向。

我们的发展方向是什么？我说。

这要看你相信谁的故事，维克多说，或者说你愿意相信谁的故事。你知道，这些东西都是故事。

我的选项有哪些？

嗯，没有特定顺序，维克多说，选项如下：人类将学会阻止和逆转衰老过程，我们将拥有更加健康长寿的人生；我们仍旧是生物体，但成了更优秀的生物体；除此之外，我们还能用智能植入装置提高身体和心理素质，实现自身强化。

或者，由于生物体有局限性，我们将思想从其生物初始载体上传，至少为一部分人消灭死亡。

我打断了他：但这样一来，我们不过是计算机程序。

他皱起了眉。干吗说"不过是"？霍金的身体不听使唤，难道你认为他"不过是"思想？他是思想，没错，而且是我们所见最接近出类拔萃、意识清醒的人类思想被肉体囚禁的实例。如果我们能把他的思想解放出来，你觉得他会做何选择？

但他原本有一个功能健全的身体。

所有将被上传的思想也是一样——这就说到了我的第三个选项。

我决定闭嘴让他说。

他对我笑了笑。他的笑中带着询问,半是邀请,半是挑战。

他说,在努力实现所有或者任何一种可能性的同时,我们还会创造各种各样的人工智能,从机器人到超级计算机,并且学会和这些新创造的生命形式共处。这些生命形式也许会逐步替换直至最终彻底取代生物生命。

或者我们可以继续维持现状,我说。

他摇摇头。在我描绘的这些前景中,你的选择是唯一没有可能的。

女招待拿来了我们的账单。暴风雨要来了,她说。

\* \* \*

维克多·斯坦提议把 SUV 留在停车场,我们散散步再回去吃牛排。

我喜欢晚饭前散步,他说。

当你不过是上传的数据,你打算如何在晚饭前散步呢?我问。

我就用不着吃晚饭了,他说。

他笑了起来。一旦脱离了身体,你就能随心所欲地选择任何形态,随时随地更换。动物、蔬菜、矿物。天神以人类或动物的形象现身,他们把别人变成树或者鸟。这些是在过去讲述的未来故事。我们向来知道我们并不受制于自己寓居的这副形体。

什么是现实，我说，对你来说？

它不是个名词，维克多说，它不是一件事或物，它不是客观的。

我说，我同意我们对现实的体验不是客观的。你我对这片沙漠的主观体验不同，但沙漠真真切切地在那里。

佛陀不会同意你的话，维克多说，佛陀会反驳说你被表象所奴役，你混淆了现实和表象。

那么什么才是现实？

人类最聪明的头脑也从未停止过这一追问，维克多说，我回答不了。我只能说，意识似乎是脑功能的一种新兴属性，你无法从生物学上定位意识，它像灵魂的所在一样难以捉摸，但我们承认意识存在，我们也承认目前机器智能还没有意识。那么以此类推，或许现实也是一种新兴属性——它存在，但并非我们所认为的物质事实。


我望着眼前的物质事实：一只囊鼠窜进一丛石炭酸灌木。我们还未置身暴风雨中就听到了它的声音。雷声深沉的轰鸣。而后我们头顶亮起了分叉的闪电。

紧接着下起了雨。

索诺拉沙漠是北美最湿润的沙漠之一，有两个雨季。这是夏雨季，雨来得迅疾而猛烈。

下不了多久！维克多在雷鸣的巨响中喊道，这里是沙漠气候，干旱炎热。

我说，你怎么界定都没用，我们湿透了。

我们确实湿透了。我们好像被一桶桶水当头浇下。维克多的蓝色尼龙衬衫贴在他身上，我的T恤衫松垂着，不住地滴水。

维克多从口袋里掏出一块手绢擦了擦脸。怎么会有人带手绢？

那儿有块突出的岩石！我们可以去下面避雨！

我们朝它跑去。那儿几乎容不下我们两个。我感觉到他的身体就在我旁边，像一只温热潮湿的动物。我撩起T恤衫擦了擦眼睛，感觉雨水顺着我的肚子淌下来。我抬起头，发现维克多正盯着我看。

你在发抖，他说，天不冷，可你在发抖。

一声惊雷把我们头顶的几小块岩石震落。维克多把手放在我肩上。我想我们还是走吧，他说。

我们一言不发地走着。自然能够抹去思想。我们得赶路，而且没别的话好说了。

在酒吧的门廊上，雨点噼里啪啦敲打的铁皮屋顶下，我能看见我们的女招待在等我们。

你们两个小伙子需要找地方冲个澡、擦擦干吗？从后门出去有个屋子。如果你们愿意,我可以把你们的衣服洗好烘干,用不了一个小时。

善意从何而来?我对维克多说。

进化合作,他说,如果靠单打独斗我们早就灭绝了。

善意能由程序设定吗?

可以,他说。

我们站在门廊上,脱得只剩四角裤。他穿的是和裤子搭配的蓝色内裤,我穿的是橙色的。

真可爱,女招待说,你们进去以后可以把它们扔到筐里。

你所有的客人都会享受这份待遇吗?维克多说。

多数人不会在我说暴风雨要来了以后还跑到沙漠里去散步。快进去吧,我给你们俩拿瓶威士忌。

屋里黑漆漆的,半掩的百叶窗后,窗框上落满了沙尘。里面有一张床、两把椅子、一台破旧的电视和一个衣橱。白瓷砖铺砌的淋浴间里只有最基础的设施。

你先,维克多说,把你的内裤扔给我,我放到筐里,招待小姐等着呢。

我走进浴室,把我的内裤从门里扔出去。我听见维克多把电视调到了天气频道。

洗澡水量大流急,热气腾腾。我打上肥皂,洗掉身上所有缝隙和柔软处的沙子。屋里很快就变得像希区柯克电影里一样蒸汽缭绕。我从淋浴头下走出来才发现维克多进了浴室。他递给我一条毛巾，然后他看见我了。

他看见我胸肌下的疤痕。我看着他的目光沿着我的身体向下移动。没有阴茎。

片刻停顿，相当短暂，但足够长了。

我是跨性别者，我说，我大约一年前做了胸部手术。恢复需要时间。

我身形苗条，骨架不大，宽肩膀。我完全是女人的时候，如果把头发扎在脑后，有时会被误认为是男孩。还是女人的时候，我的头发齐肩。现在短了点儿，但我还是把它扎在脑后。这很招女人喜欢。我很招女人喜欢。

维克多什么也没说。作为一个口齿伶俐的人，他这样做有些奇怪，又让人感动。我站着不动，任他看着我的身体。我的阴毛浓密，但身上光滑，并没有毛发覆盖。这没有因激素而改变。

我也观察着他，他胸膛上的毛发，一纵延伸至他的腹部。

你的胸毛上都是沙子，我说。我走近了些。拂去沙子。我看见他吞咽了一下。他拿过我身上的毛巾把它围在了腰上。

我以为你是个男人，他说。

我是。解剖学上来说我也是个女人。

你认知中的自己也是这样吗？

是的。双重性对我来说更接近本质。

维克多说，我从没见过跨性别者。

多数人都没见过。

他笑了起来。刚才我们不还说，未来我们将能够选择自己的身体，更改自己的身体吗？你可以认为未来在你身上先一步来临了。

不过我赴约总是迟一点儿，我说。我们两个都笑了起来，好缓解紧张的气氛。

等你走出这房间我就解开毛巾去洗澡。

这块薄毛巾并没有遮住什么，我说（我为什么要这么说？），你想要摸摸我吗？

我不是同性恋，他说。

我知道这会令人困惑，我说。

他走近了些。他用修长的手指滑过我的额头和鼻子，拨开我的嘴唇，摩擦着我的门牙，他按下我的下唇，滑过我下巴上稀疏的胡楂儿，移向我不存在的喉结，我的颈窝，然后他摊开手掌，拇指和其他四指分别按在我锁骨两侧。他仿佛在扫描我。

他把另一只手摊平，抚摸着我的胸部，在疤痕上停留了片刻。他不害怕那些疤痕，不害怕它们粗糙不平的美感。我觉得它们很美。自由的象征。在夜里，在黑暗中，每当我摸到这些疤痕，我会想起自己对身体所做的改变，而后便安然入睡。

他摸了我的乳头。我的乳头向来敏感，手术后更甚。力量训练让我的胸肌强壮光滑，注射的激素使增肌变得容易。我的胸部变得坚实而扁平，我喜欢这样。我们几乎要接吻了，但我们没有。

他温柔地把我转过去背对他。他的正面对着我的后背。他的气息落在我的后颈。他的双手仍旧摸索着我那一片的身体：胸部、乳头、喉咙。隔着薄薄一层粗糙的棉线毛巾，我能感觉到他的勃起。

他俯身吻我的双肩。他比我高。吻很轻柔，落在头顶上轻轻的一吻。接着，他把身体和我贴得更紧，一手在我双腿间移动。

我转身面对着他，解开他的毛巾，把他的阴茎握在手里，吻着他。我能感觉到他的搏动。

你想让我怎么做？他说。

你想怎么做？

干你。

我们回到房间。他仰面躺下，将我拉到他身上，给我最大程度的快感。和陌生人一起时才有的那种快活让我感到兴奋。

我要高潮了，我说。

我看着他的眼睛，漆黑，沉醉，他身上那耀眼的部分。

我在兴奋的震颤中倒下来，压在他身上。他把我翻过来进入了我，前臂撑在我肩膀两侧，头埋在我脖子里。

差不多三分钟后，他也到了。

我们躺在那里望着天花板，一言不发。雨打在百叶窗上噼啪作响。我用手肘支起身子看着他的脸。

我说，你还好吗？

你不用因为曾经是女人就照顾着我，他说。

我现在就是女人。我也是男人。我就是这样看我自己的。我更喜欢现在的身体。但是过去，我的过去，手术无法改变。我接受手术不是为了让自己远离自我。我是为了靠近自我。

他翻了个身。我不知道该说什么，他说。

你有什么感觉？我说。

难以置信地兴奋。

他拉过我的手再次抚摸他。

我坐在他身上。

这次进行得慢些。他进入我的时候，我也爱抚自己。他观察着我。

你在自己的身体里为什么能如此自如？

因为它是我真正的身体，专门为我而造的。

他笑了。哦，天哪……

怎么了？

接下来会发生什么？他说。

这话是什么意思？

我是个贝叶斯派。

那是什么教派吗？

不！你学医的时候不用修数学吗？

物理、化学、生物……

好吧，托马斯·贝叶斯牧师，一七〇二年生，一七六一年逝世。他是一名数学家和哲学家，推导出了解决概率问题的公式。他认为主观看法应依现有证据做出调整。他写过一篇有力的文章，叫作《机会问题的解法》。它结合了数学和神秘学，但多数人只关心其中的数学……不过这不重要。我的推算是，你出现在我生命中的概率微乎其微——近乎零——可是你出现了。概率问题的关键在于，新数据会不断改变结果。

我从他的阴茎上滑下来。我就是这个吗？新数据？

他吻了我。可口的新数据，但你会影响结果。

什么结果？

我们听见外面传来女招待的喊声。

小伙子们！你们在里面还好吧？

依我看,拜伦在给出版商约翰·默里的信中写道,这对一个十九岁的姑娘来说实属杰作——事实上,当时她还不满十九岁。

你必须为我创造一个女伴，这样我就能和她惺惺相惜，活在对我的存在来说必不可少的理解之中……我一定要得到一个异性，她要和我一样丑陋……无疑我们将沦为孤立于世的怪物，但这会加深我们对彼此的依恋。我们的日子不会幸福快活，但我将不再伤人，也不再有现在折磨我的痛苦。

如果你答应，你和其他人类就不再会见到我的身影：我会藏身于南美无边的荒野……我会在那里安度余生，而在临终的时刻，我将不会诅咒我的创造者。

我丈夫正和拜伦在湖上泛舟。室内寂静闷热。房子被蒸干的时候蒸汽升腾，好像充满了鬼影。我们的想象把蒸汽变成种种我们能够认出的形状，四周好似充满了幻影。

我们认出了什么？我们知道了什么？

随着我的故事的推进，我在教育我的怪物。我的怪物也在教育我。

故事的发展迫使我问自己,这样一个生物会有何欲求?这生物是否会渴望伴侣?这生物能否繁殖?它的后代会不会生得丑陋畸形?会不会是人类?如果不是人类,这样一种生命形态又会再造出怎样的生命形态?

我感受着和维克多·弗兰肯斯坦同样的内心挣扎;他创造了怪物,无法再将其抹去。时间不留情面。时间不容撤销。木已成舟。

同样,我已创造了我的怪物和他的主人。我的故事已经存在,我必须将它继续下去,因为只有我能将它终结。

人类对我创造的怪物避之不及,心怀恐惧。他的迥异招致了他的不幸。他没有生他养他的家庭。他不是人类,但他所知的无不源自人类。

昨晚我和雪莱熬到深夜。他脱去了外衣,只剩衬衣,他雪白的身体在月光下发着微光。我相信男性的身体是完美的形体。我的怪物是这副形体拙劣的复制品,合乎比例,却丑陋无比。

我的手从雪莱的脚踝沿着腿向上抚摸,一直摸到大腿根,打乱了他衬衣的褶皱,也搅扰了他的专注。他轻轻推开我的手,抑制住自己的愉悦。我在思考,他说。

我们一起为我的故事琢磨题目。我们都同意里面不该有"怪物"这个词。

我脑海里萦绕着一句诗,出自由他创作、我所钟爱的《阿拉斯托》。他给我朗诵的时候,起身在屋里来回踱步,他的腿仿佛一对翅膀,载着他快步如飞。长在腰下的翅膀?那他该是个什么样的天使?我的天使?

听啊:

> 在那孤寂宁静的钟点
> 夜将它的沉默化作奇异的响动
> 仿佛一位天赋异禀的炼金术士孤注一掷
> 将生命寄托于某个黑暗的希望,
> 我可曾将可怖的言辞与质问的眼神
> 掺入了我最纯真的爱……

他继续读,脚下来来回回,往往复复……

只为献出这个故事 / 关于我们自身的故事

我该给它起名叫这个吗:《关于我们自身》?

但他已经开始谈普罗米修斯了。维克多·弗兰肯斯坦是一位现代普罗米修斯。普罗米修斯,他从天神手中盗取了火,用自己的肝脏偿还。

我该给它起名叫这个吗:《新普罗米修斯》?

想想吧!雪莱说,普罗米修斯受到的惩罚是被锁链捆绑在一块没有遮蔽的岩石上。每个黎明宙斯派一只鹰叼出他的肝脏,每个夜晚皮肉又重新愈合。他被困在岩石上,皮肤会被烈日灼伤,变成皮革的颜色和质地,像一只旧钱包,只有雪白的那一小片日日新生,像幼儿的皮肤一样柔软娇嫩。

想象一下!那只鹰落在他的髋骨上,扑扇着强劲的翅膀保持平衡,用利喙撕开皮肉,叼着它柔软的战利品飞走。

尽管这画面庄严肃穆,但他说话时我的心思却已转向我最近读过的几部小说。(典型的女人,拜伦会说。)

塞缪尔·理查逊。他的七卷本《克拉丽莎》。别忘了还有《帕米拉》。另外,如果在简·奥斯汀的作品中搜寻,又有一八一五年刚出版的《爱玛》,虽然有些琐碎(她生活在巴斯),但读来不乏趣味。

那么用人名做书名,并无不妥。

雪莱!我说,雪莱!我要给我的故事取名《弗兰肯斯坦》。

雪莱站住脚,停止了背诵。他说,这是全名吗?

是的,亲爱的,这是全名。

他皱起了眉头。缺了点儿什么,我亲爱的。

我也蹙眉以对。那么,亲爱的,我该叫它《维克多·弗兰肯斯坦》吗?(现在我心里想的是《特里斯舛·项狄》,的确是个有年头的故事,在斯金纳街我父亲的书架上就有一本供我们读来消遣。)

不,雪莱说,因为你的故事不只是一个人的故事:故事里有两个相互包含的角色,怪物和弗兰肯斯坦你中有我,我中有你,不是吗?

是的,我回答,所以怪物没有姓名,他不需要姓名。

什么样的父亲会不给自己的孩子取名?雪莱说。

惧怕自己所造之物的父亲,我说。

那么,好吧,玛丽,得由你来决定。你是这个故事的父亲和母亲。你要如何命名你的造物?

是的,我叫玛丽。我母亲的名字,我父亲的念想。我知道,不给我心头挥之不去的东西命名意味着对他的拒斥。但我们该如何命名一种新的生命形式?

时钟奔走。喝尽了酒,喝醉了酒。裹上了灰尘的羊奶酪、小红萝卜、深棕面包、绿橄榄油、剔骨火腿肉、拳头大的番茄、燕麦饼干、蓝沙丁鱼。我的蜡烛燃尽了。时钟奔走。

夜色降临,随之而来的还有星空。睡眠和梦境的沉寂时刻。其他人入睡,入梦。房子如同一只幽灵有节奏地呼吸着。我清醒地躺着,冰冷的群星为伴。我想象我的怪物也这样躺着,风餐露宿，形单影只。

倘若我的这只造物有了配偶，他会不会创造出另一个如他一般的造物？想到这里我心生厌恶。我要将这种厌恶也植入维克多·弗兰肯斯坦心中，起初他会开始这可怕的工作，着手为他的怪物创造一个伴侣，但最终他会相信自己必须毁掉这样一个存在。

我们毁灭是出于恨。我们毁灭是出于爱。

\* \* \*

昨晚，拜伦宣称普罗米修斯的故事是"毒蛇的故事"——他的意思是对知识的探求必将招致惩罚，正如在伊甸园的故事里，夏娃偷吃了禁忌之树上的苹果。

潘多拉和她那该死的魔盒呢？波利多里说，那也是个不听话的女人。

你和她有些相似之处，克莱尔，拜伦说着用他那只跛脚戳了戳她。

潘多拉是谁？克莱尔说。她不懂拉丁文和希腊文。

雪莱向来有耐心，是个天生的老师。他解释道，普罗米修斯有个兄弟，叫厄庇墨透斯。为了惩罚人类，更是为了报复普罗米修斯盗火，宙斯把潘多拉赐给厄庇墨透斯做新娘。她是个好奇心重的女人，打开了一个本不该打开的匣子，于是困扰人类的一切苦难便飞了出来——疾病、悲伤、衰败、失去、仇恨、嫉妒、贪婪……它们化作蛾子和蝴蝶飞出来，雪莱说，并且在世上产下了它们的卵。

屋里真潮湿，拜伦说，连墙都掉皮了。白天的热气根本烘不干它。

我们在湖边，雪莱温和地说。

我想知道，克莱尔说。

上帝救救我们，拜伦低声怨道。

我想知道为什么人类所有的苦恼都是女人的错？

女人软弱，拜伦说。

又或者是男人需要相信女人软弱，我说。

鬣狗①，拜伦说。

我必须提出反对！雪莱说。

开玩笑的，拜伦说。

也许，我说，女人带给世间的知识并不比男人少。夏娃吃了禁果，潘多拉打开了魔盒。如果她们没这么做，人类会是如何？自动机器、头脑呆滞的牛、无忧无虑的猪。

让我见见那头猪！克莱尔说，我要嫁给那头猪！人生何必非要受苦？

---

① 鬣狗雌性与雄性外形相似，此处指男性化的女性。

作者注：这是克莱尔终其一生说过的最深刻的话。

真是个女人……拜伦说（关于受苦），苦难能使我们得到净化。

（这位纵欲之王如是说。）

苦难使人净化？克莱尔说，那每个生育了孩子又经历了丧子之痛的女人真是彻底净化了。

野地里的动物也受过这样的苦，拜伦说，承受苦难的不是身体，而是灵魂。

试试给一个完全清醒的人锯腿，先给他灌下半瓶白兰地，再把剩下的浇在他的残肢上清洗伤口，波利多里说，我告诉你，发出惨叫的不是他的灵魂。

我承认他受了苦，拜伦说，但他受的苦不会净化他的灵魂。不管怎么说，我是在努力避开女人这个话题。天知道！她们以为自己受了多少苦难！

胡说八道，克莱尔小声嘀咕。她喝了一天酒。拜伦没听见她的话。

我打断他们的对话。我说,如果可以绕过性别问题,我们是否赞同每次获取新知都会受到或者应当受到惩罚?

卢德分子正在摧毁纺织机,拜伦说,在英国,在此刻,在我们吃吃喝喝的时候,他们正在国内摧毁纺织机。纺织工人不想要进步。

是的,雪莱说,千真万确。可是议会通过《限制破坏法》的时候,你却与你自己的阶层和同类为敌,是英国少数支持他们的事业、支持卢德运动的贵族之一。

那部法案是公正的,正当的,波利多里说,我们不能允许有人扰乱事物发展的必然规律——更何况是以暴力方式。

那些新发明才是扰乱势力,不是吗?我说,让人为了和机器竞争而被迫接受更低的薪水,这其中就没有暴力吗?

进步!波利多里说,我们要么支持进步,要么反对进步。

没那么简单,拜伦说,玛丽的怜悯不是没有道理,这就是为什么我对法案投了反对票。

我理解那些男人——是的,还有那些女人。工作是他们的生计和生活。他们有手艺。而机器愚蠢无知。什么人能眼睁睁看着自己的生活被毁还袖手旁观?

(我们每个人!我暗自答道,骤然想起了我们的生活方式:永远在为我们不曾拥有的点滴,毁掉我们已经拥有的美好;或是在只要勇敢些便能够到的幸福前，紧紧攫住我们的现状……)

我没有说出这些话。我说，拜伦！机器的运用已成定局。魔盒已然打开。我们发明的东西，我们无法收回。世界正在改变。

拜伦用不可思议的眼神看着我。如此热衷自由的他恐惧命运。

自由意志去哪儿了？他说。

少数人的奢侈品，我回答。

我们很幸运，雪莱说，能够享受而且正享受着自由意志。我们的生活是思想的生活，没有机器能模仿思想。

说得好！波利多里说，他醉得几乎不省人事。(看着他，看着克莱尔，我心想，机器不会喝酒。)

克莱尔站起来，手里拿着她的针线活和生火的铁棍，踮起脚旋转起舞。她看起来危险极了。拜伦英气地站在炉火边，她一头撞到他怀里……

猫猫宝宝乔乔。

我警告过你别那么叫我！他一把推开她，她跌进扶手椅中，一边大笑，一边假装惊吓得躲在她的针线活后面。

她说，模仿思想的机器！哦！要是这事哪天发生了呢！是的！是的！想象一下，先生们，要是有人发明一台会写诗的织布机，你们会作何感想！

哈哈哈哈哈哈哈哈哈哈！

她笑得喘不上气，裸露的肩膀抖个不停，鬈发乱颤，长裙下的胸脯像两只欢乐的果冻。她抑制不住自己的笑。一台有诗情的织布机！一个文字算盘。一个生搬硬套的诗人。我生搬硬套出来的诗……

哈哈哈哈哈哈哈哈哈哈！

雪莱和拜伦惊骇万分地瞪着她。当克莱尔把这最崇高的事业，是的，这诗歌的艺术，炮制成了和织布机产物一样的庸常之物，他们的脸色震惊、震怒、血色全无。哪怕这时屋子的地面上伸出一只坟墓里的腐手，他们的脸色也不会比这更加可怕。

拜伦一言不发。他站起来一瘸一拐地走向原木桌上放着的酒，拿起了石制酒壶——我确信他要朝她扔过去——把里面的酒一口气倒进了喉咙。像做梦一样，他拉铃唤人再送酒来。

我看了看雪莱，我的爱丽儿[①]，这个自由的精灵，正想象着自己被困在一台文字的织机里。

人类是万物的灵长，拜伦说，诗歌是人类的巅峰。

---

[①] 爱丽儿（Ariel）与后文的卡列班（Caliban）都是莎士比亚戏剧《暴风雨》中的角色，前者浪漫而善良，后者野蛮而丑陋。

*　*　*

灵长，猩猩，猩猩，猩猩，猩猩，猩猩……克莱尔发了疯，在屋里横冲直撞，嘴里嚷嚷着"猩猩"。

拜伦勋爵大人像位震怒的天神般对她大发雷霆，平息了混乱。他双手抓住她的双肩。她个子不高。上床去，女士！

她面对着他，那张英俊、不满的脸近在咫尺。她张开嘴准备顶撞他，接着又合上了。她看出了他的怒意，服了软，满是恐惧。她从椅子上抓起她的针线活逃出了房间。

我们任由她去。用人又送来了酒。我们每个人从高脚杯里深深地饮着。雪莱的身体在我身边颤动着，我抓住他的手。

拜伦转向我，捋了捋他浓密的秀发。

让我们重新开始，他说，先来回答你的问题，玛丽。是的，我认为每一次思想的进步、每一样崭新的发明都必须付出代价。如同革命一样。革命，血腥而残酷，大量牺牲只为换来初看微不足道的成就，但我们承认，这点儿成就，这微不足道的一丁点儿，是新世界的火种。

既然你拥护发明，我说，你为什么还支持破坏它们的卢德分子？

人不应当受机器的奴役，拜伦说，这是对人格的侮辱。

人也受其他人类的奴役，我说，女人处处都受奴役。

人永远都会有等级之分，他回答，但眼睁睁看着你为之奋斗的一切被一堆金属和木材夺走，这会让人几近发疯。

如果他拥有这台机器，那便不一样了，雪莱说，如此一来这个人便可以悠闲度日，让机器替他工作。

这是哪门子乌托邦？你指望能活到那天？拜伦带着笑发问。

这是未来，雪莱回答，它必将到来。

接着是一阵漫长的沉默。波利多里睡着了。阴影渐长，远处的湖上传来哭喊。我们如同被惊醒的死者……

玛丽，你的故事有进展吗？拜伦说。

有，我说，我的怪物造出来了。

解剖尸体简单得很，波利多里说。他要么是突然醒了，要么就是刚才为了避免争吵假装睡着了。记住我这个医学人士的话！是的，记住我的话！用锯肢解简单得很，哦，是的，用针缝合却很难。解区别于合，哦，这是句好诗，是吧，拜伦？解与合……

拜伦打了个哈欠。

在医学院，波利多里说，在爱丁堡，我们解剖完把尸体缝起来的时候，都是用黑色渔线将就的。

黑色？拜伦说，一定要这样吗？还是纯粹为了恐怖效果？

波利多里抓住机会故意没理他。玛丽！你是怎么处理他的肠子的？我的意思是，他排便吗，你的怪物？排泄量多少？

拜伦被逗乐了。雪莱可没有。这两个人上公学时的经历截然不同。我察觉到这段对话很快就会变成一场关于泄殖腔的争论。

我说，先生们！我是在讲故事，一个可怕的故事。我又不是在编解剖学教科书。

说得好，玛丽！拜伦敲着桌子说，别管波利多里，这只四处咬人的跳蚤。

你说什么？波利多里说。

拜伦的目光穿过他，像是穿过一个幽灵。他对我笑着，带着他所有的迷人与专注。如此热烈而忧思的双眼。接下来的事让雪莱都不禁抽动了一下。拜伦拉起我的手，吻了吻。玛丽！他说，给我们读一段，好吗？消磨消磨时间。然后我就该上床，教训你的妹妹了。

继妹，我说。

是啊，为我们读读，我亲爱的，雪莱说。

我去我的桌子上取手稿。生命如此奇异；这段我们日常生活的现实，却日日被我们讲述的故事抹去。

已经成文的部分不是按固定章节写就的，只是我的一些想法。也许有些混乱，但与我故事中逐渐展开的悲剧相符——因为在悲剧中，我们总是太晚才看清真相。

我有一幅关于冰上追逐的模糊设想。维克多·弗兰肯斯坦一路追赶他的造物。力竭濒死的时刻，他被一艘探险船营救，船长——我叫他沃尔顿船长——将会讲述那部分故事。

这是我的计划。

可是，如果我的故事有自己的生命呢？

生活遵从时间这条直线，但箭从四面八方飞来。在我们奔赴死亡的途中，捉摸不透的东西一次又一次回归袭来，为了我们而伤害我们。

我的故事是个环形。它有起点，有中程，有终结。但它不像一条罗马大路，从旅途的起始处直指目的地。此刻我尚不确定目的地在哪里，但我确定如果意义确然存在，它一定位于环的中心。

我无所畏惧，故而坚不可摧。

什么？拜伦说。

我故事里的一句话……我开始了？

我爬上山顶时已近正午。我俯视着山谷，河水穿涧而过，薄雾腾起，盘旋而上，把对面的群山重重笼罩，山巅隐没在清一色的云海中，大雨从黑沉沉的天空倾泻而下。少时，一阵微风吹散云雾。我下到冰川上，冰面起伏不平，如同怒海上涌起的波涛。

一里格远的地方，威严雄伟的勃朗峰拔地而起。我在一块岩石的凹陷处驻足停留，凝望着这美妙壮观的奇景。大海，更确切地说是广袤的冰河，在依傍的群山间蜿蜒而过，高耸入云的山巅悬在河湾之上。晶莹的冰峰穿过云层，在阳光下熠熠生辉。我此前悲伤的心，此刻竟被近似欢乐的情绪填满；我呼喊道："游魂啊，若你们果真不安于你们的窄榻，游荡世间，请容我这浅淡的欢愉，又或携我与你们同去，从此抛却生命的喜悦。"

就在呼喊时，我突然看见远处的那个人影。他以超人的速度奔向我，一路跃过冰上的裂缝；他的身形似乎大于常人。那个身影越来越近，我意识到，它是我创造的那个可悲之物……

人工：由人类制造或生产。

智能：智力、思想、头脑、大脑、脑力、推理能力、判断力、理性、论证、理解、领悟、敏锐、机智、清明、洞察、善感、灵敏、洞见、悟性、参透力、识别力、伶俐、思维敏捷、足智多谋、聪明、精明、机敏、直觉、敏感、警觉、聪颖、颖悟、学力、能力、天赋、才能。

逻辑能力、理解力、自觉、学识、情绪感知、推理、计划、创造力，以及解决问题的能力。

为有目的地适应、选择或塑造与自身生活相关的现实世界环境而进行的心理活动。

实践智能：适应变化环境的能力。

智能在追赶我,但我至今没有败给它。

我知道我拥有智慧,因为我知道自己一无所知。

利?

什么事?

我是波莉,波莉·D。

你怎么弄到我电话号码的?

在你邮件的签名档里。

哦。好吧。

我需要跟你谈谈维克多·斯坦。

我告诉过你——

他不是他表面上的那样。至少不止于此,但目前我们知道的远远不够。

你在说什么?

关于他的信息我最多只能追踪到一家在日内瓦注册的公司,我查不到他的父母和他的过去。

他在美国工作过……

是的,没错。他在弗吉尼亚理工大学的记录和他在美国国防部高级研究计划局的记录对不上。

如果你为军方工作,这些东西都能操纵,我说。

的确。(她的声音带着迟疑。)可是为什么?

我不知道,也不关心。你为什么这么感兴趣?

你为什么不感兴趣?

他是我朋友。

别因为你爱上了他就保护他。

别为了挖出个故事就对他穷追不舍。

我挂了电话。

玛丽？

怎么了？

你在说梦话。你睡得真不安稳！

我的故事在我脑中萦绕不去，它主宰了我的思想。

快休息吧！那不过是个故事。

你居然会这么说？不是别人，偏偏是你？

是的。

你不是相信我们是由我们的思想塑造的，我们的思想就是我们的现实吗？

我相信是这样的。

这故事已经成了我的现实，它让我吃不下睡不着。

喝了这杯白兰地吧。

我想我看见他了。

谁？

维克多·弗兰肯斯坦。今早在市场上。

他是日内瓦人，对吧？

是的,所以他出现在这儿不奇怪。

玛丽,他不是个活人。

不是吗?

快睡吧。(他拉过我的手。)让这幻象烟消云散吧。

现实即当下。

这些浪费掉太可惜了，维克多说。
我给他带来了一批身体部位。在急诊室工作不是没有好处。
我们在曼彻斯特，维克多的办公室里。曼彻斯特一如既往地下着雨。

组装人类。有这个可能，维克多一边说一边从冷藏箱里取出包装好的胳膊、腿、半条胳膊和半条腿，真的，利，如果你把人类看作肢体和器官的组合，那么什么是人类？只要你的脑袋还在，差不多所有其他部分都可以不要，不是吗？可是你不喜欢脱离身体的智能这个主意。这你就不理智了。
我们就是我们的身体，我说。
任何一种宗教都和你的观点相悖。当然，自启蒙运动以来，科学也和宗教的看法相悖，但现在我们正在回归，或者说正在去往，一种对生而为人的意义更深刻的理解——我的意思是，现阶段我们正处于成为超人类的前夕。你只要谦逊一些，就能更清楚地思考。

谢谢你的演讲，我说。

我只是想帮忙，维克多说……这腿形状真好，这是谁的？

摩托车事故，我说，年轻姑娘。

我眼下在雷尔斯开发的假肢将会拥有人腿的全部关节，它会对已知运动做出反应，维克多说，新的腿可以通过一个智能植入装置编程，像原有的腿一样行走。我们都有自己的步态。

他拉开一个装着手的袋子，拿起一只手放在脸上，从僵硬、斑驳的手指间向外看着我。没有了面容的衬托，他明亮的、带着野性的眼睛仿佛属于一只夜行动物。

你能别那样吗？我说。

他把那只手放在自己手里，好像在跟它握手，好像它的身体还在，只是看不见罢了。他说，手让我着迷——想想兽爪和鸟爪，再想想手所拥有的进化优势。然后想象一下和我们的手一样但具有超人力量的手。

更方便把你捏碎，我说。

你今天心情真好，他说。

也许盗尸的勾当有损我生活的乐趣。

这都是良善的事业，维克多说。

他一边把那只死手的指头掰来掰去一边说着……手是个巨大

的挑战。它能检验出一位画家是否优秀——就看她是否会画手。

人手的灵巧程度超乎想象。目前汉森机器人公司都没能给他们的机器人开发出完美的手。索菲亚的手做得很好——但你看得出她是个机器人。

你居然敢说自己看得出她是个机器人！我说，你能想象有一天我们会无法区分吗？

哦，那就是图灵测试，对吧？维克多说，图灵想的是AI，不是机器人，但他的观点是，和AI进行一场对话——和Siri、Ramona、Alexa这类聊天机器人对话的加强版——如果这个AI能在对话中骗过我们，让我们相信它是人类，那我们就发展出了和自身相匹敌的生命形式。

你希望这样吗，维克多？和我们匹敌的生命形式？

机器人吗？个人来说我更愿意把机器人开发成一种完全不同的生命形式，相比于植入装置改造的人类仍是次等生命。他们会成为我们的助手和保姆，但并非我们的平等之物。

但如果你说的是拥有身体的人工智能，我不确定我们还能区分谁或何物是人类，谁或何物不是。更有趣的一点是，AI能够区分吗？我想这是双向的。

AI服从我们的利益，这总不会错吧？

他笑了。你真是个殖民主义者。

我对你来说一直是个次等人类笑话吗，维克多？

他靠过来，抬起手——他自己美丽的手——放在我后颈上。

他看起来有几分愧疚。

请原谅我，我只是在和你开玩笑。我想说的是，无论是报刊文章、颠覆三观的电视剧、耸人听闻的谣言、狂热的极客大会，还是审慎的中国科学家，我们在这些辩论中无不是从人类自身的角度看待问题——我们就像一帮自私的父母给孩子规划未来，丝毫不考虑孩子的独立发展。

我们的孩子？你这么叫它们？

我们头脑的孩子，是的。

他仰在椅子里，消瘦，优雅，一如既往地高高在上。他说，想一想，一种新的生命形式和我们生活在一起，那种情形……不只是作为工具供我们使用，而是和我们一起生活。

性爱机器人！我说，伦·罗德的乌托邦！

忘了该死的性爱机器人，维克多说，那些都是玩具。游戏机，性爱机，不值一提。

等男人开始娶她们的时候就不一样了……（我想激怒他。）伦·罗德，新生代的个人自由英雄。呼吁跨物种婚姻平权。

（我觉得维克多想杀了我。）

利，你想听我说完还是不想？

说说而已。

维克多正抚平他被搅乱的自我认知。我爱他，但他是个自大狂。好在他不会读心术。好了，维克多，请继续吧，谢谢。

维克多继续说：

目前，计算机的数字计算和数据处理水平已经极为高超，我们编写的程序能让我们有和计算机互动的感觉，这很有意思，但事实上，它们并不是以我们预期中人类的方式在和我们互动。但是如果程序能够自我开发，并且拥有其自身版本的所谓"自觉"，如果它能够意识到屏幕那头是何物/是谁——人类意义上的动词"意识到"——这时又会发生什么？

成为我们？

成为我们。

他轻点自己的屏幕。

他的锁屏画面是一只在纽约街头的小摊上买香蕉的大猩猩。

他说，我们会像败落的上流阶层一样。我们会拥有过去，这座一度辉煌的宅邸将在衰朽中没落。我们会拥有这颗行星，这片我们没有照管好的土地。我们还会有一堆漂亮衣服和数不尽的故事。我们会沦为没落贵族，穿着虫蛀华服的布兰奇·杜波依斯[1]，吃不上蛋糕的玛丽·安托瓦内特[2]。

---

[1] 布兰奇·杜波依斯（Blanche Dubois），《欲望号街车》中的女主角，出身富裕种植园主家庭，因家道中落跌入社会底层，不愿放弃贵族生活方式，最终精神崩溃被送进疯人院。
[2] 玛丽·安托瓦内特（Marie Antoinette），法国国王路易十六的王后，以骄奢淫逸著称，在法国大革命中被送上断头台。

他说话时我端详着他。我喜欢看他说话,他喜欢被人看。他享受人们的关注。

他朝那一袋袋人体部位走过去,把那只断手放回密封袋里封好。他说,有个恐怖故事,讲的是一只断掉的手离开它的主人自己活了,过着肮脏下贱的日子——掐死大人、吓坏小孩、伪造支票,都是这类事。这年头我猜它会上推特找人抬杠。

我说,伦·罗德告诉我他在开发一种手淫专用手。

维克多哈哈大笑。是的,我看这会对他的生意有帮助。带身体还是不带?

我没问。

维克多把我拉向他——死尸边角料中唯一的活物。

它一定不如你活儿好,他说。

我活儿好吗?

很不错。

他说着把我的手移向他的裆部。

对你来说我就是这个吗?我说。

一只手?才不是。

性对象。

你不喜欢我们做的事吗?(他把阴茎从裤子里掏出来。)

你知道我喜欢。(我朝手掌上吐了口唾沫。)

那为什么要拒绝快感?

为了避免痛苦。(这样他持续了四分钟。)

他说,在你做这个的时候我没法跟你理论。

他喜欢缓慢的抚摸,他喜欢我把头放在他肩上,他喜欢把手放在我臀部,我喜欢他的气味。分叉的两足动物,一个想脱离身体的男人,而我正用左手握着他的身体。

他说,我能进入你吗?

来吧。

他坐在不锈钢长椅上,双手撑在身后,我跨坐在他腿上,现在他的头贴着我的胸口。我知道该怎么动。他高潮了。

我爱你,他说。

我想要留住这一刻,我想要相信他的话。我想要他的爱中有足够的盐分让我得以浮起,我不想再游走求生。我想要信任他。我不信任他。

你爱的是概念中的我,我说。

因为你的双性?

是的。(我们以前谈过这个话题。)

你也是个人类。(抚摸我的头发。)

对你来说那是个暂时的过渡阶段……

他用双臂抱住我,搂紧我,他身上散发着罗勒和青柠的气味。

他说，有什么关系？人类过去进化，现在也在进化。唯一的区别在于我们现在作为一个有思想的设计者参与了自己的进化。时间——进化时间——正在加速。我们不再等待自然母亲，我们都要长大，甚至一整个物种都要成长。不再是适者生存——是智者生存。我们是最有智慧的，没有其他物种能动手改造自己的命运。而你，利，光彩照人的男孩/女孩，无论你是男是女，你改变了自己的性别，你决定插手自己的进化，你加速改变了自己的多种可能。这让我迷上了你。我怎么可能抗拒？你奇异而又真实。你是此处，是当下，也是未来的先兆。

我想争辩，但他让我兴奋，我想要他。

现在轮到我上他了。我骑在他身上，看着买香蕉的大猩猩屏保。我的高潮仍旧像女人一样一波一波地袭来，而非像男人那样一次次地爆发，而且比他持续得更久。

我在他身上达到了高潮，这半昏厥的状态，这性麻醉发作的片刻。我忘记了自己，扭动的动作渐趋和缓，释放出最后一丝纯粹的兴奋。

我喜欢你的阴茎，我告诉他，等你只是个装在盒子里的脑子时，你会想念它的。

我会想它还是你会想它？他推开我，把它正正经经地塞回裤子里，偏到左边。他说，性是在脑袋里进行的。

我差点儿被你骗了，我还以为刚才那是在你阴茎里进行的。

快感接收器可以在任何地方,他说,对盒子里的脑子来说也是这样。

好吧,让我们想象那就是你,仅供娱乐,我说,你会给自己选个什么样的身体来体验世界?

他说,我喜欢保持男人的身体,这点我不愿改变,除非有一天我连身体都不需要了。但倘若我有身体,我要做一处改动:我希望有一对翅膀。

我努力不笑出声来,但难以忍住。

翅膀?像天使那样?

是的,像天使。想想那力量,那气势。

什么颜色的翅膀?

不要金的!我看起来会像李伯拉斯①。我不是同性恋。

是吗?我说着捏了捏他的睾丸。

我不是同性恋,他说,就像你不是同性恋一样。

我不认为自己是二元对立中的一元,我说。

你不是。他摇着头说。

没错,我不是,但你是。要么有翅膀,要么没有,要么是天使要么是人类,你不想成为同性恋,是吗,维克多?

他走到墙上的镜子前,对着镜子梳起了头。他不喜欢现在这个话题。他说,这不是我想要什么的问题,它和买一部新车不一

---

① 李伯拉斯(Wladziu Valentino Liberace),美国著名艺人和钢琴家,以穿着华丽夸张著称,有同性情人。

样。这是我是谁——我的身份的问题。我们做爱，但我们做爱的时候我不觉得你像个男人。

你怎么知道？你又没和男人做过爱……是吧？

他没有回答。

不管怎么说，我说，我看起来像个男人。

他在镜子里对我笑笑。在镜子里他的身后，我也能看见我自己。我们像在摆拍一般。

他说，你看起来像个假小子似的姑娘，这姑娘其实是个像姑娘的小子。

也许是的（我知道这是真的），但我们两个一起出去的时候，不管你喜不喜欢，在世人看来，你是在和男人约会。

你又没有阴茎。

**你说话的口气像伦·罗德！**

这倒让我想起来了——我得给他打个电话。听我说，这话我以前也说过，我不介意再说一遍——如果你有阴茎的话，那么在亚利桑那个淋浴间里发生在我们之间的事……

还有淋浴之后你上我的事……

他把手指放在我嘴唇上不让我说下去。绝对不可能发生。

\* \* \*

他走到咖啡机旁，开始摆弄水箱。

我说，如果身体是临时的，甚至是可以替换的，那我是何种性别到底有什么重要的？

他没有回答，他正把脑袋伸进橱柜里找胶囊咖啡。我不想就这么放过他。

我说，那么，维克多，如果我决定接受下体手术，然后带着一根自己的阴茎回家，你的意思是你就不想要我了？

他站起身转向我。

一年五百镑的钱，还要有一根自己的阴茎……[①]

你在说什么，维克多？

你书读得也太少了，他说，我猜因为你是搞理科的。

你也是搞理科的！

我逗你的，利。你不读书，我爱读书。只有这样我才能理解编程领域现在的发展趋势。感觉就好像我们正在把早已预言的事变成现实——变形、脱离实体的未来、永生、不受制于自然衰老规律的全能的神。

哦，闭嘴吧，你这个混蛋！我刚才要说的是现实问题。

他没理我，继续说，那么说具体的（他没有要闭嘴的意思），弗吉尼亚·伍尔夫写过一篇文章叫《一间自己的房间》。她提出，女性要实现自己的创造力，需要有一间自己的房间，以及自己的收入。

她说得对，我说。

---

① 这是维克多对《一间自己的房间》中一名句的戏仿，原句为：一个女人如果打算写小说的话，那她一定要有一年五百镑的钱，还要有一间自己的房间。

你知道吗？维克多说，她还写了第一本跨性别小说，叫《奥兰多》。我要给你买一本好看的精装版。

你觉得我是你的玩具，对吧？

我不知道我是怎么觉得的。我第一次在亚利桑那时就告诉你了，你打破了公式的平衡。

什么公式？

我的公式。

我什么也没说，因为他是他世界的中心。我影响了他，而他从不好奇自己怎样影响了我。他控制着他创造的一切，但我并非由他创造，因此他心存疑虑。

然后他的肩膀耷拉下来。他看起来失魂落魄，恐惧不安；他甚至回过头，从耷拉着的肩膀上方望向门口，好像在期待着……什么？

他说，但是我确实是爱你的！这感觉不会长久，却是我当下的感受。是的，这是真的。是的，就在当下。

为什么不能长久？为什么这么悲观？

这不是悲观，他说，这是概率。

怎么说？

他说，历史上曾有一千零七十亿人在世界上生活，死去，目前有七十六亿人在世。这就是说，出生的人类中有百分之九十三已经死去了。

这发人深省，还有点儿感伤，但那又如何？我说。

哦，这爱幻想的当代潮流啊。那些相亲网站、三流小说、无病呻吟的爱情，还有灵魂伴侣这异想天开的概念。白马王子，对的人。我们还是祈求不要有什么对的人吧，因为如果用数字而不是用幻想来说，那个对你来说独一无二的人可能已经死了，一条无法跨越的时间长河将你们分隔开来。

但我们没有被分隔开来，我看着那包身体部位说。

啊，可是你的心在哪儿，利？在那个包里吗？

你想让我把心交出来吗？

交出来？不，我想自己来拿。

（我有些不安。他把手放在我心脏上方的胸口上。）

那么你想拿它做什么？

研究它。这不是爱的寓所吗？

人们都这么说……

他们是这么说的。他们从不说，我用我全部的肾爱你，我用我的肝爱你。他们从不说，我的胆囊只属于你一个人。他们从不说，她伤透了我的阑尾。

它停了，我们就死了，我说，心脏是我们的核心。

当没有心的非生物生命形式试图获取我们的心，他说，想想那时候会是什么样。

它们会吗?

我相信会的,维克多说,所有生命形式都能够产生依恋。

基于什么?

不是繁殖,不是经济需要,不是贫乏,不是阶级,不是性别,不是恐惧。那一定美妙至极!

\* \* \*

你的意思是,维克多,非生物生命形式也许能比我们更接近爱——爱最纯粹的形态?

我不知道,维克多说,别问我,爱不是我的专长。我只能说爱不局限于人类——高等动物都会表现爱——更重要的是,宗教教导我们上帝是爱,真主是爱。上帝和真主都不是人类。爱作为最高价值并非一种仅限于人格化的信条。

你到底在说什么?

我要说的无非是这一点:爱不是设限,爱不是止步不前,到此为止。未来带来的种种可能也将造就爱的未来。

他来到窗边，望着牛津街上来来往往的巴士，一车车乘客能想到的未来最远不过茶歇、明天、下一个假期，又或黑暗中等待他们的千万种恐惧中的一种。天在下雨，这是多数人此刻的所想。我们生活的范围限制了我们，也保护着我们。我们渺小的生活，小得足以在门关上时钻过门底的缝隙。

他说，想象一下我们，在另一个世界，另一个时代。想象一下这样的我们：我有野心，你有美貌，我们结婚了。你野心勃勃，我反复无常。我们住在一座小镇上。我不关心你，你有了外遇。我是个医生，你是个作家。我是个哲学家，你是个诗人。我是你父亲，你离家出走。我是你母亲，我难产而死。你创造了我，我的生命无法结束，你英年早逝。我们一起读一本关于我们自己的书，然后怀疑自己是否真的存在过。你伸出你的手，我把它握在手里。你说，这是个微型世界。你这个小小地球是我的整个宇宙。你了解我。我们一日相守，日日相守。我们形影不离。我们只能分居。

这是个爱情故事吗？我问他。

当雨顺着窗户淌下来，我相信了他。
当雨顺着窗户淌下来，我期望我们能一滴又一滴，一起汇成一生。

他把我紧紧搂在怀里。像我的一样,他的身体也含有百分之六十的水。这身体是流动的。我是说,健康的身体是流动的。我遇到的身体往往黏稠,栓塞,硬化,淤滞,凝结,充血,迟滞,脂肪栓塞,亟须疏通,完全堵塞,膨胀浮肿,最后在自己冷却的血液中慢慢凝成一团。

我们可以消失,他说,找个地方重新开始,或许找一座小岛,钓钓鱼,在海滩上开家餐馆,挤在一张吊床上看星星。

我们不会那么做的,我说,因为你野心勃勃。

也许我会改变,他说,也许我做的够多了。

那你的身体会衰老死去,我说,你不会愿意那样的。

我们可以一起死去。反正我不太可能在有生之年把自己解放出来。

这场竞赛就是为了这个吗?

是的,这是一场和时间的竞赛。我想活着到达未来。

我端详着他。维克多给人一种感觉,似乎他另有一种未曾示人的人生。我觉得自己仿佛在用一种不熟悉的语言阅读他。而我又漏读了多少含义?

我对他说,那么多身体部位……

是的……谢谢你。

你都用来做什么？

给我的纳米机器人玩儿。那位微型医生，我可爱的计算机程序，它们好奇的传感器会扫描每一寸皮肤，并绘制它的图像。

还有呢，维克多？

他看着我，欲言又止。我说，为什么你需要我做你的布克和海尔[①]，当你十九世纪的铁锹和麻袋？为什么要这样守口如瓶，神神秘秘？

你一定要问吗？别忘了蓝胡子的故事[②]。总有一扇门是不该打开的。

在我脑海中，一扇铁门重重地关上了。

告诉我，维克多。

\* \* \*

他停顿了，迟疑了，他用那双夜行动物般明亮狂野的眼睛定

---

① 威廉·布克（William Burke）和威廉·海尔（William Hare）是19世纪苏格兰臭名昭著的连环杀手，为倒卖尸体获利先后谋杀了16人。
② 蓝胡子是法国诗人夏尔·佩罗创作的童话人物。他连续杀害了自己的几任妻子，将她们藏在城堡的一个房间中。蓝胡子的小女儿推开了这扇门，发现了蓝胡子的秘密。

定地看着我。他说，我还有另一间实验室，不在这儿，不在大学里。它在地下。曼彻斯特有一系列地下甬道，你可以说曼彻斯特地下还有一座曼彻斯特。

有谁知道？

知道我的工作？几个人，不多。谁需要知道？现在一切都需要审查，监控，同行评议，协作开展，填一大堆表格，申请拨款，交进度报告，还有监督员、评估员、检测官、委员会、审计，再加上公益，更不用说媒体了。有时候事情需要做得更谨慎一点儿，关起门来进行。

为什么？我问，你有什么要隐藏的吗？

隐私和秘密的区别何在？

得了，维克多！别玩文字游戏。

你想知道什么？

到底在发生什么。

你想亲眼看看吗？

我想。

很好。可是记住，时间不能倒回，你知道的事会跟随着你。

他从衣钩上摘下外套。他不是超人，我不是露易丝·莱恩。他不是蝙蝠侠，我不是罗宾。他是杰基尔吗，或者海德？[1] 只有德古

---

[1] 此处提到的三对人物均出自虚构作品且有密切关系：超人与露易丝·莱恩是同事和恋人，罗宾是蝙蝠侠的助手和搭档，海德是杰基尔服下分身药剂后产生的"恶"的人格。

拉伯爵能永生不死。

* * *

吸血鬼之所以让我们厌恶，不是因为他们永生不死，而是因为他们以吸食那些生命有限的人的血液为生。

你怎么知道我在想什么？我说。

他没有回答我的问题，接着说，吸血鬼像是烧煤的火电站，而我这个版本的永生使用的是清洁能源。

他朝窗外望了望。我们得从后门出去，那个该死的女人又来了。

什么该死的女人？

那个记者。

我站在他身旁。是的，在街对面避雨的正是波莉·D。

她就是不肯放弃，是吗？你为什么不直接让她采访你一次？

维克多看着我，犹豫不决。她跟你联系过吗，利？

为什么她要联系我？

他耸耸肩。我们走吧。

他的办公室和实验室位置不错，在大学的生物科技楼里。我们在雨中出了门，乘出租车沿牛津街到了乔治街。

维克多说，我要带你去看的地道和地堡是二十世纪五十年代用"北约"的资金建造的。这在当时是一笔不小的数额——大约四百万英镑。这座迷宫里分布着一套安全通信网络,按照设计它能抵御一场足以夷平这座城市的原子弹爆炸。那下面有发电机、燃料箱、食物储备、宿舍,甚至还有一间当地酒吧。伦敦和伯明翰也有类似的建筑。这都是"北约"冷战策略的一部分。

浪费了多少钱,我说,欧洲当时正需要重建,曼彻斯特直到六十年代还有弃置的爆炸废墟。

是啊,维克多说,反法西斯斗争胜利了,但真正让英美行动起来的是反共斗争。世界上的资本主义民主大国对任何意识形态都不感兴趣,除了对市场的权利争夺。

你可不像是个共产主义者,我说。

我不是共产主义者,维克多说,而且科学是个竞争激烈到让人感到压抑的领域,但我拥护人类精神。有意思的是,是马克思在曼彻斯特的经历,以及他和在曼彻斯特拥有工厂的恩格斯的友谊,为他提供了书写《共产主义宣言》所需要的材料。

你知道吗?在十九世纪,曼彻斯特有一万五千间没有窗户、没有供水和下水系统的地下住宅——那些男人、女人、孩子一天工作十二小时,为这座世界上最富有的城市纺织财富,回家以后等待他们的却是疾病、饥寒和三十岁的预期寿命。共产主义在那时看来一定是最好的解决办法。

它是最好的解决办法,我说,可惜那时人类不会共享。我们甚至连免费自行车都不能共享。

我们正经过一条运河，又一辆橙色自行车倒栽在绿色的河水里。

人类：许多高明的设想，许多失败的理想。

\* \* \*

出租车把我们放下。一面黑乎乎的砖墙中间笔直地立着一道锈迹斑斑但坚固的门。维克多在口袋里翻了翻，摸出一把钥匙把门打开。他笑着举起钥匙，利，有时候最好的技术就是最简单的技术。

你怎么拿到这地方的钥匙的？

有人支持，他说，一如既往地轻描淡写，神秘莫测。

装有大门的墙后面是一排没有门牌的门。又是更多的钥匙。维克多打开第三扇门，随即下到一段陡峭的台阶上。灯自动亮了起来。

小心！下去的路很长。

我跟在他身后，只听见我们回荡的脚步声和地面上渐弱的雨声。

想一想，他说，如果那颗冷战炸弹真的爆炸了，我们就会停顿在距人类历史上最大的突破七十年开外，而我们又得从木棒和石器重新开始了。

我没有上心听他的话。我在数台阶，下一级，下一级，再下一级。一百，一百一十，一百二十。

这下面好干，我说，干得像纸。没有潮气，没有霉菌，没有渗水。

这里防水通风，维克多说。他能听见我的喘息——有点儿太急太浅了。他转过身来使我安心。

现在不远了，利，沿这条隧道再走一百码就到了。别紧张。我知道这里空荡荡的有点儿吓人。想象一下这地方到处都是科学家和程序员的场景。二战以后曼彻斯特成了世界计算中心。为了监听并且在技术上压倒苏联，西方不遗余力地快速发展计算机技术。焦德雷尔班克，那座巨型望远镜，本身就是座监听装置。

他停下脚步回头看着我。我害怕了。我是在害怕他吗？

我们现在在哪儿？

我的世界，维克多说，不太像样的地方，但只属于我。

他打开门。阀门、电线、真空管。一排排钢墙铁壁、几英里长的线缆。刻度盘和指针。

认识它吗？曼彻斯特科学与工业博物馆里有一台，这台是我做的模型。世界上第一台存储计算机，曼彻斯特马克一号。存储器采用真空管。晶体管直到一九四七年才发明出来。一九五八年，第一个集成电路只有六个晶体管。到了二〇一三年，我们能在差不多同样的空间里装下 183,888,888 个晶体管。摩尔定律：计算能力每两年翻一番。

有一件事让我着迷——这个世界本来可以更早拥有计算机的——比原来的再早一百年。你听说过查尔斯·巴贝奇的分析机吗？

那不只是个概念吗？我说。

万事万物最初都"只"是一个概念，维克多说，新生事物不都是先在我们的头脑中产生的吗？不过是的，巴贝奇最早设计的是一种叫差分机的巨型计算机器。差分机是一台由齿轮和轮子组成的精美装置——和图灵的巨人计算机异曲同工。英国政府拨款一万七千英镑让他建造这台机器。那是在一八二〇年，同样一笔钱足够建造和武装两艘战舰了。那时报纸总这样没完没了地提醒民众……

但巴贝奇把这笔钱花在了他的另一个设计——分析机上。它是电脑的雏形，有存储器、处理器、硬件、软件和一系列复杂的反馈回路。毫无疑问，那会是个蒸汽驱动的庞然大物，但维多利亚时代的人还不懂得小即是美。

就这样我们不断推进，利，不知道突破何时到来，只知道它一定会来。

什么突破？

人工智能。

他打开了另一扇门。门没上锁。里面是一间巨大的房间。他说，这以前是中控室。当然，现在都清空了。

那些门，我说，房间四周全都是门，像一个谜局，一场噩梦，或者一次选择。

啊，是的。门都会通向某个地方，不是吗，利？我来带你转转，从这扇开始吧。

他用钥匙打开一扇平板钢制门，后面又是一间空屋子。屋内有一面窗，是观察用的内窗，像开在水族箱上的那种。

透过窗口向外看去，裸露的混凝土、灯泡、弥漫的干冰雾、雾中闪烁着诡异灯光的显示屏。根据外墙上的温度计，我能看出里面的温度只略高于冰点。这时我看到有东西在动，穿过冰雾朝我涌来，朝窗口涌来。有多少？二十？三十？

维克多按下一个开关，干冰雾打着旋儿随之消散。现在我看清楚了，在地面上快速爬行的，是狼蛛吗？

不……

噢，维克多！我的天哪！

手。粗指尖的，细指尖的，宽手掌的，带毛的，扁平的，斑斑点点的。我给他带来的手，在动。有的停在原地，抽搐着一根手指。有的五指撑地立着，不知该往哪儿去。一只手用拇指和小指行走，竖着一根中指，好像一根触须在好奇地探索。多数在快速移动，漫无目的，无休无止。

那些手感觉不到彼此。它们从彼此身上爬过去，毫无意识地撞在一起，缠成一团。有些聚成一堆，活像一群螃蟹。还有一只手腕着地，伸长了手指挠着墙面。

我看见一只孩子的小手，孤零零地蜷缩着。

维克多说，这些不是活的，当然更谈不上有意识。这只是一项针对义肢和智能身体配件的运动实验。

它们为什么那样运动？

植入装置，维克多说，它们这是在对电流做出反应，仅此而已。有可能在事故或者截肢后重新接回断肢，通过编程让它做出和原有肢体大致相同的反应。同样，还有可能给伤残的手装上人造手指。你看见的这些手里有些就是这样的混合体。

这太可怕了，我说。

你是个医生，他说，你知道有时候"可怕"多有用。

他说得对，我知道。但为什么这让我厌恶？

我说，为什么要在这儿？为什么不在公开的实验室里？

这牵涉到太多的钱。专利问题。

我还以为你相信合作。

我信，别人不信。我别无选择。


他转身走开。

你就把它们留在那儿不管？

利，它们又不需要喂养！不过这些需要……

他领我来到更深处的一面窗前。

窗内是排列紧密的一层层平台。在平台上跳上跳下的，是一群长着粗腿的、毛茸茸的蜘蛛，你不会想在浴室里碰见的那种。

维克多说，我在用CT扫描和高速高分辨率相机给这些蜘蛛的身体结构做3D建模。

为什么？

一只这样的跳蛛跃起时的高度能达到自身身长的六倍，起跳时腿上的力量高达自身重量的五倍。我可以利用3D建模成果创造一种行动灵敏的新型微型机器人。一旦我们弄清了其中的生物力学，就可以把它应用于各种研究。我不是唯一在研究蜘蛛的人，但我乐于相信我这项研究的用途独一无二。

这些是你从哪儿弄来的？

我繁育的，维克多说，但我没法繁育身体部位。要是你哪天信了教或者改坐办公室了，天知道我该怎么办。

你会找到其他人的，我说。

他领我回到那间清空的大厅，空洞的回声在隔音的四壁间回荡。他说，我从来没有过一段长久的恋情。你呢？

没有……

我们两个都是怪胎。

别因为我是跨性别就说我是怪胎。

他抚摸我的脸。我躲开了。他说,我不是这个意思,我的意思是根据这个世界的行为习惯,我们都是怪胎。我们离群索居——这种处境不利于物种进化。智人需要群体,人类是群居动物。有家庭、俱乐部、社团、工作场所、学校、军队,包括教会在内的各类机构。我们甚至以群体方式应对疾病。这叫医院,你就在这样一个群体里工作。

他像在亚利桑那的淋浴间里那样站在我身后。这总让我感到兴奋,也许因为他的触摸,也许因为我看不见他。

如果我们有长久的婚姻和心智健康的孩子,或者买下一栋房子,学着在里面和某个人共同生活,那么我们会更有创造力,更有智慧,更明智,或者更幸福吗?我们会成为不同的人,仅此而已。我从没有过长久的亲密关系,但这不代表我不会爱。

爱的特征之一,是长久,我对他说。

他笑了起来。那就是吧,而我会永远爱你,哪怕我们不在一起。

人们分手时通常会相互记恨,我说,或者一个记恨另一个。

那是传统方式,他说,还有其他方式。利,我想表达的意思很简单。哪怕我们没法将这份爱持续下去,我心里仍有一个地方永远地被这爱改变了。我会珍视它,或者说,把它当作我内心私密的圣龛。偶尔,当我登上飞机,早上醒来,走在街上,或者走进淋浴间(这段回忆让他停顿了片刻),我会想起那个地方,而且永不后悔我在那儿度过的时光。

你为什么要这样说话？我说。

他说，你很快就会离开我。

你这么说只是为了掌握控制权，我说，让自己免受痛苦。（我不怪他，我也在做同样的事。）

他说，当受的痛苦我自会承受——但我们之间不是这样。不过就算你证明我错了，那又何妨。你已经打破了公式的平衡，或许你会用一种完全不同的方式解开它。

一切一定要这么复杂吗？

维克多耸耸肩。有人认为爱始于冲动，因而也十分简单。但如果爱牵涉了我们的整个存在，关涉了我们的整个世界，它怎么可能简单？简单的日子已经结束了——如果它真的存在过。爱不是一颗纤尘未染、人迹未至的原始星球。爱是躁动不安的世界之中的乱流。

你置身于一条宽阔的长廊中,两边是数不清的小隔间,里面关着各式各样的疯子,门上开了小窗,好让你能看见那些可怜的家伙。许多无害的疯人在这条宽敞的走廊里游荡。二楼设有和一楼一样的走廊和小隔间,这个区域是专为危险的疯子准备的,他们大多被锁链铐着,模样可怖。假期时,众多男男女女会来此一游,他们主要来自下层社会,以一睹这些不幸的可怜虫为乐,不时被他们逗得放声大笑。离开这阴郁的所在时,他们照例要给门房一便士,不过如果你碰巧没零钱给了他一枚银币,他只会照单全收,分文不退。

**贝德莱姆，一八一八年**

没有人能懂得人类思想。没有人能，哪怕他读遍人类曾写下的每一则思考。写下的每一个字，都是孩子在黑暗中打亮的一星火光。

当我们孤身一人时，余下的只有黑暗。

我承认，我们这个地方混乱不堪。这所新医院几乎处处都还未准备好，准备好的地方也物资稀缺。楼上的窗户没有玻璃，楼下的壁炉没有柴火，病人饥寒交迫，有的愤怒，有的忧郁。

并且理智尽失地疯狂。

这是全世界最著名的疯人院。

我们开始了。

我们是如何开始的？

很久以前，在十字军东征的年代，有一座名叫贝特莱海姆

（Bethlehem）的医院。民众称它为贝特莱姆（Bethlem），因为根据英语习惯，但凡可行，双音节总是比三音节更受青睐。后来，正如万物都逃不过时间的侵蚀（时间本身也不例外），我们的贝特莱姆变成了贝德莱姆（Bedlam）——这个没有编号的名字成了一个疯癫世界的代名词。大贝德莱姆。

大贝德莱姆。就像我们给大不列颠群岛的命名。

贝德莱姆作为一家新医院被资助兴建，一六七六年全部完工，坐落于伦敦城墙外的穆菲尔兹。它的设计者是罗伯特·胡克，一位博学之士，一个酗酒者，他曾师从托弗·雷恩爵士——一六六六年大火后主持重建圣保罗大教堂的人。

贝德莱姆在到访伦敦的外国游客中有口皆碑，被誉为整个伦敦唯一一座真正的宫殿。好一座气派的疯人院！长五百英尺，宽四十英尺，设有塔楼、林荫道、花园和庭院。

入口高大的石门上方立有两个雕刻的人物，一个是忧郁的化身，一个是癫狂的化身。

是的，还有那座大名鼎鼎的慈善纪念碑，如果你曾在它倒塌前一睹其风采，你定会为之赞叹。它恍若以凡尔赛宫的气度和光景建造，呈给无冕之王的宫殿。

这就是疯子：无冕之王。

疯人睡在稻草上，四肢锁着铁镣，但他们的疯人院却是一座宫殿。我们为什么这么做？

为了上帝的荣耀。

我想不止于此，另有不那么神圣的初衷。理智是贯穿米诺陶迷宫的丝线，一旦断了，散了，等待你的只有任何地图都无法丈量的阴暗隧道，藏身其中的人形猛兽戴着我们自己的面孔。

我们就是自身所恐惧的。

所以那些慷慨的捐赠，我们对疯人表露的同情，这一切岂不都是我们对那个隐秘自我的献祭？

在另一座贝德莱姆，公众参观关在里面的可怜疯人成了一种潮流。事实上，那是条不容错过的旅游线路，尤其对上流人士来说。这条线路上有伦敦桥、白厅、伦敦塔和动物园。囚禁中的哺乳动物踱步的样子没有多大不同——来来去去，去去来来，不变的脚镣和铁栏。囚禁中的老虎和囚禁中的人所能拥有的最大奢望不过是一方天空。

我们在穆菲尔兹的早期建筑从抹上最后一层灰泥外墙起就开始碎裂、坍塌。有人说是疯人身上散发的有毒水汽让墙壁潮湿腐烂，让水渗进了地板。

好一个故事！但不科学。建筑所在的位置被称为城市排水沟，这个称号不是白得的。简而言之，这片泥沼地会移动，而那座有气派无根基的建筑就和它一起移动。

外面的墙还不及里面那些疯人的精神稳定。

然而我确实相信，相信疯子会把自己的某些精神散发出去，而如果不以日常使用的标准判断，他们的不理智有时恰恰最为理智。如果我打开一间病房的门，我会被里面那个不幸病人的力量所触动——就连忧郁中的病人也有一种力量。要我再说一遍吗？一种力量。行走在世人的愤怒和冷漠之中，我想知道，是否只有向我们的精神施加最大的压力，我们才能保持一丝理智？

我们喝掉的酒无以计数，而穷人喝得起酒的时候，喝掉了其中的绝大多数，这并不让我感到惊异。或许可以归咎于悲惨的境遇、生意的重压，对权力的渴求，但是我们的存在像困在罐子里的光，在我们的身体里挣扎，我们的身体像与轭抗争的驮畜，在世上艰难求生，而世界本身则在群星漠然的注视下，孤悬在它的绞索中。

贝德莱姆。

凹凸不平的墙，弯曲变形的地面，一具疯狂的尸骸，一场对生命的讽刺。老疯人院被遗弃，我们任其崩解坍塌，驯服了自己的野心，代之以一座里里外外更加谦逊简朴的建筑。我们这座新楼坐落在南华克圣乔治广场，和兰贝斯街相邻。

一八〇八年通过的《郡疯人院法令》改变了我们的治疗方式和治疗场所的性质，但它丝毫没有改变这种疾病。

我们力求照顾和抚慰，但我们不求治愈。疯狂无法治愈，它是灵魂的疾病。

\* \* \*

我很遗憾地告诉您我们的蒸汽供暖并不管用。我很遗憾我们忍受着可怕的恶臭。伦敦到处都臭,但我们的臭自成一体——疯人院里惯见的那种令人作呕、萦绕不去的臭。

没关系,没关系。时间流逝,时钟滴答,我得去见我的访客了。我的书房里,火已经点燃烧旺。让疯人心烦意乱的月亮挂在窗外,又圆又亮。属于我们悲伤的黑色身体上睁着一只银色的眼。

沃尔顿船长?
是的!你是韦克菲尔德先生?
我是韦克菲尔德。欢迎您,先生。是这个人吗?
就是这个人。
带他进来。

我的两个人用军用担架把那个人抬进来,照我的要求把他放在炉火边。

他躺在那儿熟睡,神情安详,四肢安稳。睡眠,啊,睡眠。(我自己不服鸦片酊就睡不着。)世上的烦恼啊。但愿我们能睡去,在一个更好的时代醒来……

沃尔顿船长举国闻名——他曾成功探索西北航道，远征南极，从此成了英雄式的人物。

他有一种自信、正直的风度，尽管如此，他还是迟疑了。

*　*　*

我要讲的是个奇怪的故事。

先生！故事的本质就是如此。我们认为习以为常的生活，当我们开始向别人讲述的时候，就变得不同了。这时再观察他们脸上的惊奇——有时是惊奇，往往是惊恐。只有活在其中时生活才看似寻常。讲述它的时候，我们才发现自己原来是奇境中的陌生人。

他点点头。他鼓起勇气。他开始了。

我和我的船员被从四面八方聚拢来的浮冰包围了，船几乎没有足够漂浮的活动水域。我们处境危急，尤其当时还有浓雾笼罩。

大约两点钟的时候雾散了，我们看见四周全是形状不规则的巨大冰面。我的同伴们有的发出了哀叹，我自己的头脑也警觉起来，充满了焦虑不安的思绪。这时一幅奇特的景象突然吸引了我们的注意，我们发现在半英里外，一架狗拉的雪橇挂着一节低矮的车厢向北行进，一个形状像人但个头巨大的生物坐在雪橇上赶着狗。我们目送着那个旅行者飞快地远去，直到他消失在远方高低不平的冰面上。

这件事过去两个小时以后，浮冰裂开，我们的船得以脱身。但我们一直到早晨都顶风停在原地，我趁这段时间休息了几个钟头。

早晨我爬上甲板，发现水手全都聚在一侧船舷上，忙着和海面上的什么人说话。事实上那是一架和我们之前看见的差不多的雪橇，夜里和一大块浮冰一起向我们漂了过来。只有一条狗还活着，但雪橇上还有一个人，水手们正试图说服他到船上来。他和我们印象中的那个旅行者不一样，不像某个未被发现的孤岛上的野蛮居民，而是个欧洲人。

我从没见过哪个人像他这般惨状。我们用毯子把他裹起来，让他待在厨房的火炉边。

两天后他才能说话。他的眼中总有一种狂野甚至疯狂的情绪。他紧咬着牙齿，仿佛不堪心头苦痛的重压。

我的大副问他为什么驾着这么一辆奇怪的交通工具，在冰上走了这么远。

他的脸色立时变得阴郁无比，他说——为了追寻那个逃离我的人。

说到这里，那个沉睡中的人猛地从长椅上跳起来，叫嚷着，他在哪儿？他没被烧死。我一定得找到他——你们难道不明白吗？我一定得找到他。

起初船长和我赤手空拳制住了他——他躁动但并不暴力——但我还是坚持要拿一副手铐把他束在柱子上。被这样铐住以后，他似乎冷静了下来，尽管我相信那不是冷静，而是忧郁。我提出给他喂一剂安眠药。

沃尔顿船长点头同意。当那个人大口喝下酒和酒里的药末时，我重复着他的话：

为了追寻那个逃离我的人。

他是梦是醒都念叨着这句话，沃尔顿船长说，简直像《古舟子咏》里的老水手和他那只信天翁。

一首绝妙的诗，我说，只是，只是……

只是什么？船长用眼神向我发问。我答道，这难道不是人类的处境吗？要么追寻逃离我们的人，要么逃离追寻我们的人。今日追寻着，明天便被人追寻。

船长同意我的话。是啊，确实如此，但这是个极端。在这个人身上，生命漫长的延展紧紧缠成了一团，他唯有一个念头，一个愿望，一个追求。日夜于他无异。他纠缠着自己不放。

沃尔顿船长，关于这个人你都知道些什么？

沃尔顿船长答道,他的名字叫维克多·弗兰肯斯坦。

他是个医生。他来自日内瓦,出身于一个上流家庭。他的背景没什么特别的,但其余的简直让人难以置信。他相信自己创造了生命。

生命?

人类生命,一个用死尸缝制的生物。四肢,器官,肌腱和细胞,一点点拼凑而成。用某种电流激活,于是心脏跳动,血液流淌,双眼睁开。这怪物状似人类,体形庞大,面目可怖,对自己的创造者满怀仇恨,恨他创造了自己。这个人造的生物无所顾忌,永无止息。

我摇摇头。先生,相信我,如果你的工作是和疯人打交道,像我一样,你会听见不少这样的奇闻异事。好多疯子相信自己是神。

沃尔顿船长面露不安。韦克菲尔德先生,我不怀疑你说的是真的,所以我也求你不要怀疑我说的话。我已经和真相纠缠了许久。

我们确实在冰上看见了什么——这毫无疑问,我可以用我的生命保证。我所有的船员都看见了,他们看见一个异常高大、异常敏捷的身影。

我不知道我们看见的是什么。

而这个可怜人疯了——这也毫无疑问。那么对我来说,只剩一个简单的问题:

他的故事是他发疯的结果还是原因?

现实的温度是多少？

认知室，维克多说着打开另一扇门。

房间里装配着储藏棚中用的钢铁搁架，一排钢制多层置物台上摆放着计算设备。墙角立着的帽架仿佛来自另一个时代的道具，一把折叠整齐的雨伞放在底座上。整间屋子看起来活像拍摄《神秘博士》早期剧集的劣质摄影棚。搁架上整齐地摆着一排排小罐子，里面装着冷冻保存的脑袋。和阿尔科的冷冻罐不同，这些罐子的正面是玻璃制的。兔子、猪、羊、狗、猫……
我从一个农场朋友那儿弄到的，维克多说。
你睡了她吗？

他没理我。正如每一次我说了什么他不喜欢的话时那样。

在我看来，维克多说，身体可以理解为大脑的生命支持系统。

来看这边……他打开了另一扇门。

两个带机械臂和探测针的机器人正在几片大脑切片上工作。

见见该隐和亚伯,维克多说,我照着它们的父母仿制的。亚当和夏娃在曼彻斯特大学生物技术系工作,做蛋白质合成。

它们两个不知疲倦。它们不需要食物和休息,也不需要假期和娱乐。它们正在一点一点扫描大脑。

谁的大脑?我说。

不要慌,利,我又不是杀人犯。

他坐在桌子上,该隐和亚伯无动于衷地做着工作。这是一项耗时的工作,他说,给老鼠的大脑扫描都要做到地老天荒。如果试图扫描人脑的内容,就连最愚蠢的人脑也会像爱因斯坦的一样复杂。

但如果我们能恢复已有的大脑……

是啊……答案也许在于以极高的温度在极短时间内使大脑复苏。无线电频率也许可以实现这一点。

就像是微波大脑?我说。

不,维克多说,这样你只会得到一份烤脑花,倒是有人觉得这是道美食。微波频率加热不均匀——你有多少次需要把牧羊人派回炉再热三分钟?电磁波可能性更大。我们现在力图实现的是在重新加热组织的过程中避免形成冰晶。在阿尔科你自己也见过,人体低温储存的目的在于防止形成冰晶,它们会对组织造成不可修复的巨大损伤。重新加热生物体时我们同样面临结晶的问题。

如果这个问题能得到解决，将对组织移植产生颠覆性的影响。现在组织从供体到受体，你们有多长时间？三十小时？

最多三十六小时，我说。

好吧，那么，如果我们能弄清如何保存和重新加热捐献的器官，就意味着我们可以把器官储存起来以备需要时使用。从此再也没有长长的肾移植等待名单。

你说的都很美好，我说，而且全是赞美。但你对肾移植其实并不感兴趣，对吗？你想做的是让死人复生。

你把它说得好像部汉默①恐怖片，维克多说。

难道不是吗？我说。

死亡是什么？维克多说，问问你自己。死亡是疾病、损害、创伤或者衰老导致的器官衰竭。生物学死亡标志着生物生命的终结。这不是你在医学院学到的吗？

（他没打算等我回答。）

一百年前，就在这座城市，曼彻斯特，工人的最长寿命还不及五十岁。像你一样的医生对此大为哀痛，像你一样的医生努力延长生命。现在我们可以指望康健地活到八十岁。为何又要止步于此？

你现在谈论的是完全不同的东西，我说，不是延长生命，而

---

① 汉默电影公司（Hammer Film Productions Ltd.）是一家英国电影公司，制作了大量经典恐怖电影，"汉默"被认为是恐怖电影的代名词。

是终结死亡。

死亡的终结当然意味着生命的延长,他说着,微笑着看着我,带着恼人的凌人盛气。

(为什么他说的话让我感到不安?为什么我感到毛骨悚然?死亡让人毛骨悚然。)

他似乎能读懂我的想法。

真奇怪,他说,我们对生命开始阶段的侵入性干预要宽容得多。自一九八三年起,我们就开始用丙三醇和丙二醇冷冻保存人类胚胎。存活率最高的是处于两个或四个细胞发育阶段的胚胎。没有人确切知道现在全世界共有多少冷冻保存的人类胚胎,但一定不少于一百万。这些液氮温度下的胚胎中有数以万计发育成了存活的新生儿。我们能接受人类诱使新生命诞生。当我们试图击退死亡时,为何又会有人反对?

人体冷冻是种拙劣的方法,我说,所有那些躺在睡袋里、浸在液氮里的冷冻尸体——它们不会复活,如果它们真的复活那就太可怕了。

我也这么想,他说。

另外如果你是对的,维克多,那么比起召回死人,扫描上传大脑内容的技术更有可能在延长生命的这场竞争中获胜。

说得好,利!你终究还是有在听我说的话。是的,我同意如果仅以延长生命为目的，人体冷冻可能成为一种过渡技术——但就像我以前说过的，如果我们能找对研究方法，也许在我们能够用干细胞培育出新器官之前，冷冻技术就能先一步实现目的，因此，它也值得我们继续研究。不管怎么说，如果我们能复活一个"死亡"的大脑，那么无论是对被复活的人还是对我们来说，事情都将变得相当有趣。

个人而言，我会觉得这恐怖至极。而且那个大脑没有能正常工作的身体。

但那个大脑也许意识不到这回事，维克多说，我们可以给它虚拟一个环境。多数人的身体和头脑之间不都存在着断裂吗？多数人不认识镜子里的自己。太胖，太老，变了太多。头脑往往和它的宿主脱节。在你身上，你让自己的生理现实和对自我的心理印象达到了统一。如果我们都能实现这种统一，岂不是件好事？

你在这个房间里做的是什么研究？我说。我也会回避难以回答的问题。

接下来要介绍的是贝茜，维克多指着一只牧羊犬说。

在贝茜神情悲哀的断头后方，是几瓣从颅骨里取出的大脑，有的连着监测器。维克多说，我们在寻找突触反应。

有任何结果吗？我说。

有的，他回答，我已经取得了一些进展，但我还想要进一步突破。而这需要你的帮助。

如果你想要的是颗人头,这我弄不到。问问你的农场朋友。

他走过来,用双臂抱住我。利,我希望你愿意相信我。

我说,我希望我能够相信你。

他垂下胳膊,向后退去。我要交给你一项任务,他说。

(也许他是 M,但这样我就成了詹姆斯·邦德。)

他说,我想让你回阿尔科为我取一颗头。

(或者他是莎乐美,我是施洗约翰?[①])

你失去理智了吧,维克多。

理智得很。我想要的那颗头目前没有理智,我想帮它恢复到理智状态。

那是谁的头?它生前是谁?

那颗头?哦,这有个故事……

(他是讲述者吗?我是故事吗?)

---

[①] 在《马太福音》中,希律王的继女莎乐美在其母指使下以献舞为条件,要求希律王交出施洗约翰的人头。

**贝德莱姆之二**

沃尔顿船长走了，我独自一人坐着。

他带来的人躺在火边熟睡。你会说我并非独自一人。虽说事实如此，但此情此境下这并非实情。那个躺在那儿静静呼吸的人仿佛一个来自异时异地的存在。不是因为他的衣着，我很快也将发现，不是因为他的谈吐，而是因为他彻彻底底的疏离。

沃尔顿船长告诉我，这个人唯有一个念头，一则想望，一项事业，这让他和人类的世界脱离了开来。水手在船外发现他时他栖身的那块冰筏仍是他灵魂的边界，他被隔离在自我的大陆之外。

火光照在他脸上，映出他其实很精致的容貌。他的身体像那些惯于钻研、苦干、长途跋涉，疏于饮食的人一样，不安而紧绷。

我无法安下心来在火边读我那本十四行诗（今晚我思绪纷乱，无心读诗），于是决定看看沃尔顿船长留给我的那些文件。为此我又点燃了一根蜡烛，移到我的桌上，好查看文件包里的东西。

这个人的名字叫维克多·弗兰肯斯坦。他出生于日内瓦。破旧的皮包里有几封浸过海水褪了色的推荐信，从信上看得出，他是个小有成就的医学博士。包里还有一本日记，里面的字密密麻麻地挤在一起，字迹狂乱潦草。在日记本首页上，他用比其他文字更粗的字体写道：探寻生命的源起，必先求助于死亡。

我继续往下读：

我从藏骸所收集尸骨，用污秽的手指搅扰了人体的惊天秘密。在一座房子的顶层有一间偏僻的公寓，或者说密室，它被一道楼梯和一条走廊与其他公寓隔开，这就是我进行那肮脏创造的工作室；我的眼珠在眼眶后目不转睛地瞪视着，紧密关注着操作的细节。我的工具许多都来自解剖室和屠宰场。

日记本里夹着一幅折叠起来的铅笔画，是参照达·芬奇的《维特鲁威人》所作。人类，万物的尺度，形态优美，比例和谐，富于理性美。然而这幅画全然没有原作的这些特质。画上也有标尺，没错，手臂的长度，面部的宽度，但超乎任何人类的身体尺寸。这幅画曾被多次涂改，上面的标记更像刮痕而非字迹，画面上分布着数不清的擦痕，这张厚纸还有两处被铅笔尖扎穿，不知是在兴奋还是绝望中所为。

我把目光转回日记：

>有一种现象对我有着独特的吸引力，那就是人体的结构。我时常问自己，生命之源始于何处？

我的客人动了动，但没有醒来。他不是第一个询问这个问题的人，也不会是最后一个。上帝是唯一的生命之源，这与其说回答了问题，不如说只是消灭了问题。许多人曾试图复活死者。许多人曾诘问，曾垂泪，只因生命竟要听凭死亡的裁决；而如此鲜活的体魄，如此热切的头脑，终将归于虚无。难道这就是生命？为什么一棵橡树能活上千年甚至更久，我们却要勉力兑现我们的七十载天命？

那些炼金术士则沉迷于他们的魔法石、何蒙库鲁兹和与天使的对话，他们劳碌一生又发现了些什么？一无所获。

我们在生着，也在死着。

不幸的人。背包里有一只金质吊坠盒，里面放着一个漂亮姑娘的钢笔素描像。无疑她已经不在了。是这让他的头脑产生了妄想吗？

我继续读：

>我看着蛆虫如何继承了曾令人惊叹的眼球与大脑。我停下来，仔细观察着在这从生到死、从死到生的转化中开始显

现的微小变化。

可怜的人。从生到死,诚然如此,但向来没有从死到生这回事。

我有过一个妻子。我不再拥有她了。我是个贵格会教徒,我在悲伤的洪流下默然静坐。她不会回来,如果回来了,也只会是一幅穿着寿衣滴着腐水的阴惨景象。她的灵魂会在哪儿?灵魂不会回归一栋已成废墟的居所。

书上说耶稣将拉撒路从死亡中召回。我相信是真的,但从那以后世上再没有过这样的事。

可怜的人!他竟以为冰冷的肢体还有回暖的一天。

他写的这是什么?

一个新的物种将会赞美我,它的创造者和生命源泉;许多幸运而卓越的生灵将得益于我而存在。没有孩子对父亲的感激会像它们对我的感激这般名副其实,理所应当。深究这些念头,我又想到如果我能给无生命的物质注入生命,或许随着时间的推移,我也能使显然已被死亡推向腐朽的身体重获新生。

\* \* \*

读到这里,我放下了日记本。想必他的思想是被悲伤的阴影笼罩了吧？他以为自己是在寻找生命，却不知那是在自寻死路。只有死亡能让我们和失去的人重聚。就我而言，我不求死，但也不惧那将给我安宁的一刻。

在贝德莱姆这儿，疯人只能迈着被禁锢的脚步一天一天消磨时日，他们中被悲伤折磨得失去理智的大有人在。对女人来说，逼疯她们的是孩子的死亡。我知道的一个抱着一只布娃娃给它唱歌。还有一个只要有访客走得太近就会攥住对方的手，求那人告诉她，*我的露西在你那儿吗？*

我起身去隔壁房间从我的橱柜里再拿些酒。月亮很近，很亮，在她的光辉下，庭院恍若一片浮动的银海。我们的这场旅程注定孤独——如果我们找到了伴侣更是如此，到头来只能承受最苦痛的永别。

事实上我们都是孤身一人。

我回到我的书房。那个人，维克多·弗兰肯斯坦，已经坐了起来，神情严肃。他从火边挪进了阴影中。他的身体，如此瘦削苍白，隐没在黑暗里。他的头轮廓精致匀称，头发还是黑的，这颗头给人一种自成一体的印象——一颗没有身体的头。

我把酒递给他。*你有什么故事，先生？*我说。

*这就是让人为难的地方，*他回答，*我不知道我是讲述者，还是故事。*

只有活在其中时生活才看似寻常。

讲述它的时候,我们才发现自己原来是奇境中的陌生人。

现实非当下。

有时当我注视着维克多,他的脸会变得模糊不清。我意识到模糊的一定是我的视线,因为人的脸不会自己模糊……但那就好像他正在消失。也许是我把他思想的状态叠加到了他的身体上。

那颗头的故事?我开了个头,不是吗?在沙漠里的那家酒吧。记得吗?

是的,我记得。他天青石色的眼睛和衬衫相称,我有一种被俘获的感觉。被什么俘获?他抓起我的手指吻了它们。我爱你的大手,他说,如果我能再选择一副身体,也许我会变成微缩小人站在你的手上,就像那些被关在坚果壳里的魔法生物。

我可以变成金刚,我说,这样你就成了菲伊·雷①。

---

① 菲伊·雷(Fay Wray),美国女演员,曾在电影《金刚》中饰演大猩猩金刚所爱之人。

注定不得善终的爱，他说，这段程序需要重写。

爱不是零和一，我说。

哦，怎么不是，维克多说，我们是一，世界是零。我孤身一人，你无处可寻。一份爱，无尽的零。

我还是做我的大猩猩，我说。

那么把我举起来，我会在耳边悄悄告诉你。快！趁这世界还没闯进来要了我们的命。

我紧紧搂住他。无论关于身体他说了些什么，我了解也只了解他的身体。


我告诉过你，我在美国读的博士，弗吉尼亚理工大学。我之所以从剑桥毕业后去了那里，原因只有一个，那就是我想和一个叫 I.J. 古德的天才数学家共事。你听说过这个人吗？

我没有。


维克多说，他也被称为杰克·古德，是二战期间布莱切利园团队的一员，阿兰·图灵的同事。古德是个密码专家，也是个统计学家、概率学家。他是个贝叶斯派。关于这点他讲过一个故事：

> 我在第 7 个十年中的第 7 年的第 7 个月的第 7 天的 7 点钟到达弗吉尼亚布莱克斯堡，被安置在 7 号街区的 7 号公寓……这些都是偶然。

当然，杰克是个无神论者，但在经历了这些"7"之后，他决定有必要把他对上帝存在概率的测算结果从 0 改为 0.1。你记得的吧，贝叶斯派要根据新数据更新结果。他们生活在过去的反面。

我说，你指的是未来吗？

不，利。过去的反面是现在。谁都可以生活在一去不返的过去和并不存在的未来。这两个位置的反面都是现在。

杰克是个极聪明有趣的人。他是波兰犹太人，一九一六年出生在英国。他早早就上了剑桥，拿了奖学金，而且明智地把自己的名字从伊萨多·雅各布·古达克改成了寻常的杰克·古德。那个时代犹太人在英国不受欢迎。英国人是连环作案的种族歧视者——刚接受了一个族群，又有另一个成了替罪羊。

你是犹太人，我说。

是的，维克多说。

但你向来不提。

种族、信仰、性别、性向，这些让我感到很不耐烦。我们需要前进，加速前进。我想终结这一切，你不明白吗？

终结人类，我说。

终结人类的愚昧，维克多说，不过我的确有被杰克提醒过，一九九八年，他推测说超智能机器将会导致智人这个物种的灭绝。

你相信这会发生吗？

维克多耸耸肩。我们怎么定义灭绝？如果我们能把一部分人类的头脑上传到一个非实体平台，那又算什么？生物学上的灭绝有可能。我不喜欢"灭绝"这个词——太危言耸听。

那是因为被消灭的命运的确让人自危，我说。

不要像三流小报一样，维克多说，把它想象成一种加速进化。

他把我拉到身前，吻了我，好像我是什么小男孩或者小女孩，不会抽象思考，时不时闹着要去摸摸小猫。

现在我能继续讲故事了吗？

好的，讲吧。

继布莱切利园之后，古德在布莱切利园的后继者——政府通讯总部的情报部门工作。他给 IBM 和阿特拉斯计算机实验室做顾问，同时也是牛津大学三一学院的研究员。六十年代晚期——一九六七年，正如他那则故事会告诉你的一样——他永久移居美国，开始研究机器智能。

他为什么要离开英国？

哦，原因很多，维克多说，但其中一个原因，很重要的一个，是阿兰·图灵的事以后，古德再没信任过英国当权者。

他知道图灵是同性恋吗？

他不知道，几乎没人知道。图灵是个害羞内敛的人，那时候同性恋是犯罪。图灵所遭受的让杰克大受震动,反感至极。他曾经这样写过:我不是说阿兰·图灵赢得了这场战争,但没有他我们绝对会输掉这场战争。

如果不是为了击败法西斯主义的偏狭,这场战争又是为了什么?和古德一样的六百万犹太人被法西斯屠杀,同性恋又遭受了屠杀——这是为了什么?

杰克痛恨伪善。那是英国人的绝活。他觉得至少经过了麦卡锡主义,美国会更加清新自由,那是六十年代末,所以他是对的。

他也想要新的挑战,而且他能够看出计算机技术的下一次飞跃会发生在美国而不是英国。他又猜对了。

早在一九六五年,古德就写到过智能爆发——也就是人工智能爆发。"最后一次发明"这个现在看来颇具预见性的短语就是他提出来的。

> 让我们这样定义超智能机器:这台机器的智能是任何一个人类的一切智力活动都望尘莫及的,无论这个人有多聪明。既然设计机器也属于这类智力活动,那么一台超智能机器就能设计出更优越的机器,继而无疑会有一场"智能爆发",人类智能从此将再难望其项背。因此第一台超智能机器将是人类需要进行的最后一次发明,前提是这台机器能顺从地告诉我们如何将它置于掌控之下。

就是这最后一句话让杰克引起了斯坦利·库布里克的注意。拍摄《2001太空漫游》的时候,库布里克邀请杰克加入了他的顾问团队。当时是一九六八年。主要角色是那台偏执的超级计算机"哈尔9000"。

古德现在一定已经不在世了,我说。
他二〇〇九年去世的,终年九十二岁。
他有子女吗?
杰克终身未婚。

这时传来一阵可怕的轰鸣,就像一列地铁朝房间直冲过来。房间震动了起来。
怎么回事?
别担心,维克多说,这个地下洞穴全靠巨大的抽水机保持干燥。如果抽水机停止工作,这些房间和隧道很快就会被涌入的艾威尔河河水和地下沟渠网中的积水所淹没,沟渠网是过去的工人留下的遗迹,他们曾从那座昏暗的城下城将煤拖运而出。不过我们安全得很。
我并不觉得安全,但我和维克多在一起的时候总觉得不安全。兴奋,迷醉,但不安全。
这个故事,我说,它要向哪儿发展?
回到亚利桑那,维克多说,回到阿尔科。

阿尔科?

这就是为什么当时我在那儿——我们见面的时候。我告诉你我是去见个朋友……

你最好解释清楚,我说。

在我们上方,看不见的力量隆隆作响。

* * *

维克多说,我要说的事没有记录在案,也不为人所知。我想我能信任你?

你和我同床,我说。

你也和我同床,他说,但你不信任我。

我沉默了。

他似乎为自己的尖锐感到有些尴尬。

让我们说好在这件事上信任彼此,我说。

好吧,维克多说,所以呢,在他死前,杰克和我说定要把他的头冷藏保存。

他的头?

他的头,是的。意在有朝一日恢复他的意识。

他的头在阿尔科?

完全正确。杰克在机器智能方面进行了大量研究。他曾调侃说要人体冷冻,但他一直对这心存疑虑。不过又能有什么损失?所以我们达成了约定。他对未来的世界充满了好奇。

那个世界还没到来,我说,那种技术还不存在。

的确,维克多说,但我们必须一试。

试什么?

我要尝试扫描他的大脑。

维克多站在一盏忽明忽暗的霓虹顶灯下,脸上神情坚定。灯光忽而将他投入阴影,忽而将他照亮,他的眼睛破碎成点点蓝光。

他说,医学伦理不允许在人脑上进行任何实验,扫描技术太具侵入性,会导致死亡——但如果那个人无论如何都会死呢?绝症病人可以为人类献身。我为什么不能在那颗大脑上实验?可以给死囚牢房里的杀人犯最后一个赎罪的机会。我可以扫描他的大脑。对世界来说少了一个连环杀手算什么损失?

维克多!别说了!

他说,总会有损失,总会有失败。你不认为这些实验也正在世界其他地方秘密地进行吗?在那些人命更不被珍视的地方?而且如果怀有恶意的势力把它研究出来了……老天啊——已经有人基因编辑了胚胎,没有任何监管与协议。你不认为他们也在进行别的实验吗?

这太疯狂了,我说。

什么是理智?他说,你能告诉我吗?贫困、疾病、全球变暖、恐怖主义、专制独裁、核武器、极端不平等、厌女、仇视异己。

他不停地来回踱步,踱步,像一只被关在自己身体里的困兽,被禁在自己时代中的囚徒。

他试图让自己平静下来,镇定下来。他说,阿尔科不允许在没有医生看管的情况下把头取走。我需要你去取来杰克,把他送回这里,送回曼彻斯特我的实验室。

这事我做不了,维克多。

你当然能。这是合法的。文件都办妥了。

他朝我走来,我转开身去。我说,你找上我就是为了这个吗?我们见面的时候,你就意识到可以这样利用我了吗?这就是你一直以来的企图吗?先是盗墓贼,再是船夫,替你摆渡死者?

维克多看着我,毫不畏缩。利,我不是在利用你,求你理解这一点。

可是我感觉并不是这样的。

那么我怎么才能让你相信?

我们现在能走了吗?我说,离开这儿?

他平复了，他变回了原来的自己。他对我笑了笑，脸上的潮红消失了，双眼不再放射着照亮房间的光。他拿来了我们的外套，在我穿外套时为我举着衣服。平常的举动，平常的生活。

现在向外走，走出钢筋混凝土，走出刺眼的霓虹灯光和深重的阴影，远离那些机器，远离抽水机的沉闷巨响和水的重压。走廊，油地毡，楼梯，延伸向上，我数着台阶，感觉着空气的变化，像一个离开冥府的访客。

接着，我们步入了湿漉漉的雨中晚高峰。他锁上门，好像我们刚刚结束一场人们喜欢的那种观光：城市地下探秘。

没人留意我们，没人发现我们，我们仿佛是隐形的。或许我们是隐形的。他像什么都没发生过一样往前走，双手揣在风衣口袋里，把未扣的衣襟裹在身上挡风。

我们一言不发地走着，一直走到我要拐弯走去火车站的街角。这时我犹豫了，他能够看出我的犹豫。我应当道声别，继续走下去。

他说，我知道你本该坐今晚的火车走，可是你能留下吗？早上再走？我也要早起。

我没有回答，但我跟上了他的脚步，慢慢走在他身后，一边试图思考，一边在他身上寻求着安慰，希望自己的心情能比此刻更轻松些,更自由些。我想转身去搭那趟火车,但我清楚我不会。

一列电车鸣着喇叭从铁轨上隆隆驶过。

维克多后退了一步;有那么一瞬,我想象着他走上前去。我的心在狂跳。

他在懊悔,像变了一个人,直直地望着前方。他说,我说得太多了。

我没有回答。我心绪狂乱,但我没有回答他。我知道这是怎么一回事。说得太多,说得太少。谁能说得足够?刚好足够?

我最贴切的对话也是拙劣的翻译。

那不是我的意思——我根本不是那个意思。

我对自己有能力做什么一向缺乏自信,因此另一个人的自信就像神谕。维克多是自信的,他卸下了我心头的重担。但他自己的重担又是什么?

他用一只胳膊搂住我。我很抱歉,他说,我们能一起睡下吗?你愿意和我回家吗?把其余的都忘了,把一切都忘了。

说话间我们已经一起穿过了马路,穿过这流逝的片刻,穿过我们自己的故事。

维克多住在顶层的一间老库房里。钢铁支柱、裸露的墙砖、面向城市天顶的长条窗户。公寓里收拾得如法医实验室般整洁。

灰棕色调的房间里铺着一大张血渍似的红地毯。卧室里的金属床对着一座沉默的钟塔。钟还在，他说，但从来不鸣。

他拉上窗帘。屋里有一股薰衣草和白兰地的味道。他坐在床上脱靴子。我背对着他坐在另一侧，拿起他的枕边书——一本罗伯特·奥本海默的传记。

我挡住你的光了吗？他问。说着他用膝盖支着身子转向我，俯身过来，抱住了我，没有什么像这一样单纯、清晰。我转过头去吻他，希望这一刻能够驻留，希望时间能从此间退散。

维克多翻着书页。奥本海默有很多身份……一位天才物理学家、一个神秘主义者、一个永远无法原谅自己研制了原子弹的人。人并不是总能原谅自己。有时你选择去做一件事，知道它非做不可，也明知它无可原谅。

\* \* \*

他像母亲一样给我解开鞋子，脱下我的袜子和牛仔裤，直到我身上只剩一件衬衫，然后他把我留在半明半暗的天色中，自己去厨房做些吃的，拿些酒。我喜欢他的床坚实、干净的感觉。

他的床。他会把床单送去洗衣店清洗。他喜欢浆洗的棉布挺括的触感。他端来一个餐盘，拿来玻璃杯，一瓶基安蒂红酒和配着新鲜罗勒、番茄以及大蒜的烤面包片。每次我们像这样在一起的时候，他总会创造出一个小世界。他用心，体贴，他给我一块餐巾让我围在脖子上,他像喂雏鸟一样把食物小块小块喂给我。

我握住他的手,吻了它,转动着他小指上的金戒指。我问他,你印章戒指上的这个图案是什么?

他拿给我看。一条吞吃自己尾巴的蛇。他说,我们转过一圈又会回到起点,无论我们知晓与否。

说完他往床上一躺,拉我倒在他身上。

他的床。两平方米的安全感。

他的床,在这里我无须解释。在这里他不会给出他关于万事万物的理论。在这里他的双眼平静而深沉。在他的床上,有他的身体和他的欲望。

他让我感觉亲密。这是亲密。我们的救生筏。但如果这是救生筏,什么船只遇难了?

我们。

各有各的伤残——他对爱的悲观,我对爱的恐惧。我们受伤的生命在此避难。为什么我们不能修复自我?为什么我们不能拯救彼此?

他吻着我,把我的脸安置在他的颈窝,他的手沿着我的脊柱向下抚摸,他的腿横跨过我的腿。我喜欢他皮肤的温热和他扎得我手指发痒的深色毛发。

我们一言不发地做爱。他的头发落在我脸上。我的身体被他充满,我忘记了自己的恐惧。阴影退去。

夜色越沉越深,他在城市的喧嚣之上入睡。公寓里黑着,只有床上方亮着两支蜡烛。我起身把蜡烛吹灭。他动了动,翻了个身,又沉入他一个人的睡眠。看了看表,再过几个小时,我就要在黑暗中摸索自己的衣服,出门去乘火车。

然而这一夜感觉如同永恒——不是持续到永恒,而是本身便是永恒。我们属于这里。我们在宇宙中迷失的太空舱。其余都是我们在做的梦。在睡梦中,他在说话。

这张被夜浸透的床。

我重新在他身边静静躺下,慢慢沉入他的黑夜。时间会找到我们,但不是现在。足够在这短暂的永恒中入睡了。

你知道我生来是不走寻常路的——我天生特立独行的秉性催我向前。

——玛丽·沃斯通克拉夫特

**贝德莱姆之三**

她来时已是傍晚时分，古铜色的头发在夕阳下仿佛被一盏阿拉丁神灯映照着。她周身有一种鬼魅的灵气，动作敏捷，身形轻盈。但她举止自信，也和我握过了手。

他在这儿？
他在我书房。
他相信……
他相信你创造了他。

我没来得及说更多的话，门就开了，维克多·弗兰肯斯坦走了进来。在我的照顾下，饮食和休息已使他恢复了健康。他相貌俊美，她也是。两人目光相遇，他伸出了手。
你是玛丽·雪莱。
我是。

她神态镇定，毫不畏惧。

他急切地转向我说，你给她看过我的文件了吗？我所有的文件？

你的证明她都看过了。

是的。这也是为什么我会来这儿，她说。

我倒上了酒。我不知道还能做些什么。我们落了座。

销毁我，他说。

那位女士盯着他看了一会儿。他看起来没有一点儿发疯的样子，但疯人往往有一种根深蒂固的信念，神志清醒的人反而欠缺。

你在一本小说的书页中出现过，她说，你和你创造的怪物。

我是你创造的怪物，维克多·弗兰肯斯坦说，我是那个死不了的东西——我死不了是因为我从没活过。

我亲爱的先生！（到了这个程度我不能不干涉了。）要是我现在就向你射击，拿这把手枪（我从我口袋里掏出手枪），你的生命就到头了。是的，先生！彻底到头了。

我求你这么做吧，韦克菲尔德先生，他说，就算我离开了这副身体，我还是会回来。我现在展现在你们面前的形态是暂时的。而我永远存在，除非我的创造者放我自由。

我惋惜地摇摇头。我对他曾抱有过希望。现在我恐怕他再也离不开这个地方了。活在幻想里的可怜人！

他这番狂言似乎并未让玛丽·雪莱有丝毫胆怯。她说，那么告诉我，先生，你是怎么离开书页，有了生命的？

弗兰肯斯坦说，有一处出了错。我本该死在冰上，却发现自己到了这儿，这座疯人院，而且我知道我痛恨的那东西逃逸到了这世上，他一心要毁了我。

可你确实想死！我说。

我想消失！我本不该活在这副身体里，这副肮脏的身体！

在这件事上我丈夫一定会理解你，先生，她说。

这副身体！他接着说，我几乎不认识它。我是头脑，是思想，是精神，是意识。

亲爱的先生，冷静一下！我说，你难道不知道，在被岁月剥夺了青春和活力后，我们谁都会认不出镜子里自己的脸？你以为我一直便是这样吗？（我示意自己的腰围和痛风的关节。）我以前是击剑冠军，先生！曾健步如飞！是的，是的，面对自己终将变成的样子，我们谁不会惊恐地背过脸去。

可我从不曾像你一样！男人回答，我发疯是因为我被困在这儿。外面有一个人邪恶无情，阴险狡诈，他会教导其他人进行我做过的实验——没有一丝对人类的关怀。

玛丽·雪莱说，既然你不属于人类，你何必要关怀他们？

因为你对人类的爱，他回答，你教会了我爱他们。要我引一句我们书中的话吗？*我的心生来易为爱和同情所动。*

她说，说这句话的不是维克多·弗兰肯斯坦，是他的造物。

我们是一样的，一样的，弗兰肯斯坦回答。


那女士这时迟疑了片刻，似乎是在回想自己的某个念头。她答道,如果你们是一样的,那你一定也是一样的诡计多端、冷酷无情。

而且一样悲哀,他说,一样悲哀。

深夜将我们笼罩。烛台里的长蜡烛燃到了低处。我惊异于在此的我们,惊异于我们身处的奇特境况。当我们恍然发现我们是自己重复的故事,又或是别人讲述的故事,这时流逝的时间便会感觉更像文段,而非真正的时间。他是怎么说的? 是讲述者还是故事? 我不知道。

我把她拉到一边。我对她说,女士,在我和疯人打交道的这么多年里,我听说过不少失了心智的人真心认为自己是俄国皇帝,或者亚历山大大帝,或者基督之母,或者基督本人。头脑是一种奇特的状态。一种发明出来的东西。

发明出来的? 她说。

我相信是的。我承认,尽管每一天都消失得无影无踪,但我们多数人从生到死,却始终相信身边这个世界是坚实可靠的。我们行为的后果会穿越时间在我们身上奏效,但每一天都会消失,被新的一天取代。疯人和我们并不同处一个世界。他们自己的世界同样生动多彩,而且更胜我们的世界。疯人是另一个舞台上的演员。

玛丽·雪莱喝了口酒。我喜欢喝酒的女人,不是小口小口地啜饮,而是大口大口地喝,像吞进一口空气。我说,这酒是卡奥尔产的。

她说,我在意大利学会了喝酒,我发现这能够驱除潮气,纾解抑郁，对创作也有益。

是啊，是啊。我说，你那本声名远扬的书，堪称轰动！

你读过？

当然！

社会反响出乎我的意料，她说，也许因为我是个女人。

这么说不是你丈夫写的？像沃尔特·斯科特爵士猜想的那样？

雪莱是个诗人。他是爱丽儿，不是卡列班。他并非《弗兰肯斯坦》的作者。

我冒昧询问一下，你丈夫可知你来此造访？

他在处理家事，她说。

我们的病人突然一个箭步冲向窗边。他大吼道：在那儿！你们看见了吗？他在那儿。

谁在那儿？我说。

那怪物！

我们三个目不转睛地盯着漆黑的院子。

那儿没人，我说。

如果我在这儿，他一定在那儿，维克多·弗兰肯斯坦回答，你们看不见他说明不了任何问题。你们看不见上帝，他的影响却昭示着他的存在。相信我，你们也将见识他的影响。怪物一旦创造便无法销毁。这个世界终将经历的命运已然降临。

令我恐惧的也将使他人恐惧。

——玛丽·雪莱

现实是放在我心脏上的你的手。

这地方看起来不怎么样！伦·罗德说。

不是埃及金字塔，不是松柏林，也不是什么纯手工石料建造的庄严陵寝。没有花窗玻璃，没有锻铁大门。没有休息堂。没有垂泪的天使、跪拜的少女、静卧的骑士、忠诚的爱犬、等身的画像、插花的花瓶。没有纪念碑。没有深切缅怀。

我们面前是一座混凝土方块，它建在一座市郊的办公零售园区里，位于斯科茨代尔机场的跑道附近，邻近凤凰城。隔壁的空地上坐落着一座砖瓦库房。

欢迎回到阿尔科，利！
首席执行官麦克斯·莫尔在等我们。
嗨，麦克斯！真高兴又见面了。维克多在邮件里提过伦·罗德吧？这位就是。伦·罗德。

（大家纷纷握手。）

伦！很高兴见到你！你是维克多·斯坦的朋友吧？

（维克多有几个朋友会穿一身牛仔装、牛仔靴，外加一顶宽边牛仔帽？伦为他这场小假期特意打扮了一番。）

我是个投资人，伦说，我投资于专业。投资于未来。

你可以投资阿尔科，麦克斯说。

或许可能，伦说，我做的事总被人骂得体无完肤。你绝对难以相信前沿领域面临着多大的敌意。

新事物令人恐惧，麦克斯说。

伦点点头。是啊，你说得对。我猜你的麻烦也少不了，这地方把人像冷冻便当似的冻起来。

这其中有很多误解，麦克斯说。

我的生意也是，伦说，谁让咱们是先驱。

你想四处看看吗？麦克斯说。

恐怖吗？伦说，虽然看不出来，可我神经敏感得很。

我们进入了储存设施。高大的铝制冷冻舱表面光可鉴人，一台台立在巨大的脚轮上。

这些是杜瓦瓶，麦克斯说，是以发明者詹姆斯·杜瓦爵士命名的。他在一八七二年提出了这一想法。

什么？伦说，你是说他们一八七二年就开始把人冻起来了？

我打断了他。伦,你现在看到的是巨型保温瓶。詹姆斯·杜瓦是那个发明了保温瓶的苏格兰人;保温瓶有两层涂了反光膜的钢壁,两壁之间是真空。热的保热,冷的保冷。

在他那顶新牛仔帽的帽檐底下,伦皱了皱眉。他说,你的意思是这些就像我喝咖啡用的东西?

完全一样。

伦走过去,在一只杜瓦瓶上敲了敲。他看着我,脸上疑惑的神情让人动容。你是说这里面有人?

是的,我说,头朝下悬浮在零下一百九十摄氏度的低温中。

他摘下帽子,以示尊重。

利恩,求你解释。你是个医生。他们是死了才被放进去的,对吧?

法律上死了,是的。

什么叫法律上死了?

意味着你妻子可以花光你的钱了。

我活着的时候她就这么干了。

好吧,问你自己一个问题,伦:什么是死亡?

别侮辱我智商,利恩。死了就是死了。

伦,这里有个难题——但这个难题并没有一个让人安心的解决方案。在医学上,和法律上,死亡被认定为心脏停止工作的时刻。你的心脏不再跳动,你进行最后一次呼吸。但你的大脑还没死,还会存活五分钟左右,在极端情况下也许长达十至十五分钟。

大脑死于缺氧。它像其他身体部位一样是活的组织。在大脑死亡之前，它有可能知道我们已经死了。

伦说，你在跟我胡扯。

我没跟你胡扯，伦。

伦说，你是在告诉我，我将知道自己已经死了，而且我还知道自己束手无策？

我说，很有可能。我很遗憾。

是啊，我也是，伦说。

我试图让他开心点儿。（也许人们不该谈起这件事。）在阿尔科看来，死亡不是一项结果，而是一个过程。对吧，麦克斯？

是的，麦克斯说，而且伦，如果能在我们称之为死亡的过程中将大脑冷冻保存，也许在未来的某个时刻我们能为它恢复意识。

这似乎让伦心情好了点儿。好吧！好吧！我懂了！但如果这一切都是为了大脑，为什么在身体上费这么些工夫？多数人死的时候已经老了，不是吗？而且一身病。那他们回来以后还会又老又病吗？

伦，我说，理论上，智能医疗将能够更新衰老的身体，逆转衰老过程。另一方面，如果只保存大脑，我们将能够培育或者生产出一副全新的身体。又或者，如果你相信维克多所言，你根本不需要一具身体。

我可不想变成个没有身体的人，伦说。

来这边，伦，麦克斯说，你现在看到的这些杜瓦瓶要小得多。这是我们储存头的地方。

只有头？

只有头……

那你们是怎么做的？砍下来？

\* \* \*

通过在颈椎第六节处实施外科横切术实现头部分离（又称"脑神经分离"）。

哇，伦说，我猜他们让最好的外科医生干这个？

兽医都能干。（我干吗告诉他这个？我有什么邪恶的念头吗？）

兽医！（伦的嘴里吐出一连串感叹号。）

是啊，兽医怎么不行？玻璃化最有趣的进展是在兔子身上实现的。

我才不会让哪个该死的兽医锯掉我的脑袋！我带辛巴去打针的时候就够糟了。我都不忍心看！

你用不着看。

完事以后我的身体怎么办？

你的家人可以把你火化。

伦目不转睛地盯着那些保存头的杜瓦瓶。

麦克斯，头上有头发吗？

我们尊重个人意愿，麦克斯说。

真巧，伦说，我自己有家工厂，在威尔士，我们那儿生产头——和我的性爱机器人配套的。某种程度上，我们做的是同一种生意。阿尔科应该在威尔士扩展业务。因为英国脱欧，政府会发放创业基金。一旦花光了那几百万欧元，威尔士就没什么产业了。到时候你可以享受减税、仓储空间、免费冷柜、免费冰块，说不定连兽医都有。要什么有什么。你考虑过连锁经营吗？

麦克斯告诉他目前全世界有四套人体冷冻设施——分布在美国和俄罗斯境内。

只有四套？伦说，这有市场缺口。

当然有缺口，伦，我说，因为每年有五千五百万人要死。

伦仔细琢磨了这个数字。是啊，他说，有不少参加了我们性爱机器人订购计划的人没有现身取货，最后往往发现是因为他们死了。

我们也有订购计划，麦克斯说。

是啊，可是你那群人就等着死呢，伦说，他们花钱就是为了这个，对吧？

说完他手里拎着帽子闲逛去了。这一切对伦来说实在有些信息过载，他的处理速度有点儿跟不上了。

断电的时候怎么办？他说，这在威尔士会是个麻烦。一般是周四，晚饭吃到一半，啪！停电了。

麦克斯解释道，杜瓦瓶里温度极低，暂时失去电力供应不成问题，就算几周都不成问题。

要是核战爆发了怎么办？伦问。

麦克斯暗示还有别的事值得担心。

伦意识到这话在理。他的处理速度提高了，他发现了数据中的规律。

利恩，你刚才说每年有五千五百万人死去？

是的……

可我们不会愿意让他们都回来的，是吧？

作者注：这是伦迄今说过的最深刻的话。

\* \* \*

我的意思是，伦说，如何划分界限？杀人的混蛋、猥亵孩子的罪犯、流氓、疯子，还有巴西的那个伙计——博索纳罗。你们要是把希特勒的脑袋保存在那里面了呢？你们会给他解冻吗？还有那些无聊透顶的人……再说我们都往哪儿安置？我是说在地球上。

麦克斯请伦放心，等相应技术投入应用的时候，我们很快就能星际殖民了。

唐纳德·特朗普要冷冻他的脑袋吗？伦说。

麦克斯解释道，大脑在临床死亡时必须功能健全。

我说不定会冷冻我妈，伦说，她会喜欢生活在星星上的。

麦克斯请伦看宠物住的杜瓦瓶。

它们的毛还在吗？伦问。

麦克斯知道毛是宠物重要的一部分，所以他知道怎么让伦安心。他同时还建议克隆。

贵吗，麦克斯？

非常贵。

我付得起，伦说，其实我本来想说钱呢你又带不走，但也许现在你该把它带走！你死掉了，七大姑八大姨把你的钱花了个精光，然后呢，瞧！你又回来了！那接下来怎么办？

我不得不说在这一刻，我对伦多了一丝前所未有的钦佩。除了伦·罗德，还有谁能考虑到未来的这些实实在在的细枝末节？

\* \* \*

伦这会儿当真进入了状态。他的大脑正受到阿尔科这座库房的深刻影响。当我们站在一个个杜瓦瓶和它们之中悬浮、漂荡的内容物旁，伦现场发表了一段专题演讲，论永生的性爱机器人，生生世世的良伴。

说不定你还能回来，这时候她就在那儿等着你，像你记忆中的那样，而她也记得你。我的意思是，麦克斯，我的意思是，这是我们应该共同考虑的一件事。我在寻求建立关系，我不是说亲密关系，我说的是商业关系。这可以造福你的客户。性爱机器人总比寡妇强。

伴侣可以两个人一起回来，麦克斯说，就算他们的死亡时间相隔二十年。

伦直摇他的脑袋和牛仔帽。这在他看来没有切中要害。

听我说，伦说，听我说！我做生意也略微学到了些东西。现在人寿命长了，婚姻不像过去那么稳固。人需要点儿变化。要是我能回来，我或许就不想要老婆了，她没准儿也不想要我了。不如先找一部你喜欢的机器人，试试再说。

你不想陷入爱情吗，伦？我说。

利恩，我知道你觉得自己聪明，但关于恋爱关系我要告诉你一件事。多数人多数时候都处在糟糕的恋爱关系当中，想象着得到一段美好的关系。但它只是个幻想，就像你永远得不到的泳装模特身材——你例外，麦克斯，我看得出你T恤衫下面的肌肉结实着呢。多数男人看起来都像我这样……利恩！闭嘴！你不算。所以我说，面对现实吧，麦克斯，把性爱机器人加入你的订购计划。

这时，储存设施的门开了，一位高挑的黑美人走了进来。我立刻就认出了她。是孟菲斯的克莱尔。

克莱尔！你好吗？

你们两个认识？麦克斯说。

是的！不！我说，我们在孟菲斯见过。

当然见过，克莱尔说，让人难忘的经历。

什么？在性爱展？伦说，你是招待员吗？

我负责协调，克莱尔说，语气冷得像北极。

那级别更高吗？伦说。

先生！我不是那场娱乐节目的一员。

无意冒犯，伦说。

你在这儿做什么？我说。

我是麦克斯·莫尔的个人助理。

啊，这转变可真不小。

是啊，谁说不是。

我很乐意听你讲讲，我说，晚点儿出来喝一杯吗？

也许吧，雪莱博士，克莱尔说。

我能去吗？伦说。

就这样，我们来到了索诺拉沙漠中的一家小酒吧，铁皮屋顶、宽门廊，还有个穿"放轻松"T恤的漂亮姑娘。谜一般不动声色的地方。

欢迎回来！她说。

你以前也来过这儿？伦问。

恍如隔世，我感觉，我说。

你相信转世轮回吗？克莱尔说。

他上次来的时候喝的波本威士忌，吃的熔岩奶酪，女招待说，要我拿点儿来吗？

说完她迈着旖旎的步子走开了。

真是副美臀，伦说。

女人不是身体部位！克莱尔说。

那男人该怎么恭维女人？伦说，你是 Me Too 那种人？

我不想谈论我的政治立场，克莱尔说，但我会告诉你，你可以这么跟女人说话：她的眼睛多么聪慧；她的灵魂多么美丽；她的见地多么深刻；她的穿着多有品位。

就这些？伦说。

像练钢琴那样多想一想，克莱尔说，先把这些说对了，我们再试几句别的。

伦看起来深为折服。他说，我能请你喝一杯吗？

利恩会请我的，克莱尔说。

他叫玛丽，伦说。

你说什么？

我决定打断这十分"伦"的时刻。

克莱尔！告诉我，你是怎么从世界烧烤冠军赛到了阿尔科的？这可是个巨大的跨越。

可不是，利（她说我的名字时带着几分强调，眼睛冷冷地盯着伦），我经历了一场幻象。

幻象？

来自上帝。

克莱尔唱起了"万古磐石为我开，容我藏身在主怀"[①]。她的嗓音好极了，邻桌响起一阵掌声。

我是来做卧底的，克莱尔说，我是我的上帝大家庭派出的使者，为了寻找灵魂而藏身石缝之中。

谁的灵魂？我说。

逝者的灵魂！克莱尔说，如果你死了，如果你被玻璃化，如果你又在这片尘世的苦海中复活，那么告诉我：你的灵魂在哪儿？

这想法有点儿意思，伦说，它在哪儿？

这就是我的问题，克莱尔说，灵魂是会回归本体，还是已经和耶稣同在，一去不返？

你打算怎么解开这个谜？我说。

我不知道，克莱尔说，但上帝让我来，我就来了，降薪来的。

---

[①] 本句出自圣诗《万古磐石为我开》（"Rock of Ages, Cleft for Me"），译文选自顾明明《古今圣诗漫谈》。

问题是,我和我教会里的几个教友存在分歧,因为我可能相信转世轮回。

真的?我说。

克莱尔点了点她美丽的头。(我不该说"她美丽的头",对吧?好的。克莱尔点了点她长着聪慧双眼的头。)

利,也许我们需要把死而复生看作转世轮回的升级版。

说得对!伦说。(克莱尔恼火地瞪着他。)

那么如果我们回来了,我们的灵魂一定会随我们归来,是这样吗?

但愿如此,我说。

而这灵魂会是你上一世的一部分,克莱尔说,它将在另一世中得到净化。

你不想得到拯救吗?我说。

我已经得救了!我得到的是永世的救赎。我目前在阿尔科的工作是为了弄清基督徒是否应该接受玻璃化,这样如果他们接受了,当回到这饱受折磨的罪恶之地时,他们就能确定无疑地声明当自己的头被冷冻的时候,他们的灵魂正和基督在一起。

哇!伦说,你可真是位不一般的女士。

我会把这当作是恭维,伦,克莱尔优雅地说。

问题是,克莱尔,我说,你可能要在阿尔科工作很久,也许到退休年龄以后,因为所需技术不知道要多少年才能实现。

也许会有重大突破,克莱尔说,况且至少我获得了一些知识。

没有多少人了解人体冷冻。

你的这一变动有点儿出乎我的意料,我说,因为在孟菲斯我们聊天的时候,你是坚决反对机器人的。

没错,我是反对机器人,克莱尔说,但是在对未来的态度上,我必须得具体问题具体分析。哪一种是来自上帝的?哪一种又是来自魔鬼的?

你认为机器人来自魔鬼?我说。

机器人可以为魔鬼所用,克莱尔说,用来摧毁生而为人的神圣。

我能说句话吗?伦说。

女招待端来了熔岩奶酪和波本威士忌。她说,我们今晚有民谣弦乐队演出。吉他、班卓琴、尤克里里。尽情享受吧!

小姐,你相信转世轮回吗?我说。

女招待斜坐在我椅子边上,我能感觉到她的长腿贴着我的腿。她说,你知道吗,我还真信。我知道我以前来过,来过这世上。这很难说清楚。但这真的是你心底深处的一种感觉,一种关于过去的幻象。

我经历过幻象,伦说,我就是这么开始创业的。你看见过我在性博会的展位了吗,克莱尔?挂紫色帘子的那个,叫"等待王者归来"。

你不是什么王者,克莱尔说。

我的确不是,伦说,多数男人都不是王者,但如果拥有一个专为你打造的小姐,那就是另一回事了。

等一下……你是卖性爱机器人的,克莱尔慢慢地吐出这句话,仿佛正在回忆一场噩梦。

没错!伦说。

真让人恶心,克莱尔说。

伦一把把帽子掀到脑后,身子向前一倾,直视着克莱尔(聪慧)的眼睛。

让我来给你讲讲,伦说,我是在威尔士教堂里长大的,我妈是个主日学校老师。你想知道我的经商格言是什么吗?

不想,克莱尔说。

你们不要论断人,免得你们被论断,伦说,《马太福音》第七章。

克莱尔说,但我们都有责任选择一种道德立场……我们——

但伦打断了她。刺与豆粮,克莱尔。

什么?我说。伦突然释放的自我让我始料未及。

他的意思是大梁,不是豆粮,克莱尔说。①

圣经里说,伦说,我们不该喋喋不休我们同伴眼睛里的刺——是的,就是个小点儿,倒是应该看看自己眼睛里的豆粮,或者大梁,管它是什么。对吧,克莱尔?

圣经里是这么说的,没错,克莱尔不情愿地承认。

既然如此,伦说,你照照镜子,克莱尔。蒙骗自己的老板,

---

① 英文中大梁为 beam,而豆粮为 bean。

像俄国间谍一样行事,这些事可不是我干的!我所做的是为有需要的人提供一项服务。你能意识到性爱机器人对于天主教会的意义吗?多少神父在他们的长袍底下偷偷地勃起。如果能够在圣餐台后面放个性爱机器人,他们就不会再猥亵孤儿和唱诗班的小男孩。也不会有通奸,不会有《出埃及记》里同兄弟妻子淫乱的丑事了。

我感觉不太舒服,克莱尔说,请原谅,失陪了!

她起身要走,但伦拉住了她的手。

听我说完!伦说,等你听我说完了,我任你评判。

克莱尔坐了回去。我把熔岩奶酪递给她,她机械地吃着(我本来想说"像机器人一样",但机器人又不会吃饭)。她吃东西的样子像个急需帮助的女人,就算这帮助来自马苏里拉奶酪,她也来者不拒。

伦说,那时候我老婆把我扫地出门——机器人就不会,不可能会——我只好回家和我妈住,但我和当地人混不到一起。我一去酒吧,他们就都转过身,开始说威尔士语。我是个局外人,而且他们都有家有室。

所以我给自己买了个性爱娃娃。是的,我买了,邮购的。虽然只是基础款,但她是我的。

我一直是个孤独的人。

性爱机器人不是人类！克莱尔说。

说得对！伦说，狗和猫也不是，但我们离不开它们，不是吗？我们甚至离不开热带鱼！人会对鱼产生亲近感。有些人下班回家就往鱼缸边上一坐。我们都需要些寄托，这就是生活。为什么不能是机器人？我下班回家的时候，我的第一个机器人就在那儿等着我，而且没有你死哪儿去了你看看这都几点了？的例行责问。她就在床上等着我的拥抱，我每晚都能拥有性。没有前戏，直接进入。我睡觉的时候也搂着她。我感觉精神好了，停了赞安诺[①]，皮疹也消了。

（我瞥了一眼克莱尔，她聪慧的眼睛直勾勾地盯着伦。她听入了迷。看来伦的确有点儿内容。）

这时候我在埃塞克斯的一个老伙计下岗了，他说他打算把存款投到比特币上。我们一起上网查了查，我想等离婚案判完了，我也要拿属于我的那笔钱试试。老妈本来想换套新洁具，但又能怎么办？

我投了五千英镑，一年以后，你猜怎么着？三十万的真金白银。

---

① 赞安诺（Xanax），一种精神科药物，用于治疗焦虑和抑郁。

老妈得到了她的洁具,理所当然。还有一套新厨具。然后她跟我说,水仙花!(我用须后水,所以她叫我水仙花。)她说,去度假吧,水仙花,这是你应得的。

我说,我去哪儿呢,老妈?于是她就出了神——她有点儿通灵,我妈——接着她说,泰国!那儿有东西在等你。

就这样我到了泰国,那儿有这么一个女人在用性爱机器人揽客。韩国产的那种粗制滥造的机器人,而且没洗干净,再说我也没想和她们做,哪怕是免费的——初次免费——因为我不想毁了我和自家机器人女孩的感情。所以我去找了传统妓女。可爱的姑娘。她们多数还在上学。我不做评判——那地方有自己的风格。

那时候我每天晚上都给其中一个女孩辅导英语作业。我写诗。你想不到吧,利恩,我真的写。

我还替那些女孩感到难过——真心难过,因为那地方有些家伙真该把自己的阴茎塞到消毒液里泡一夜。

接下来——事情就是这样发生的——马上就要发生了。有一天晚上我在外面,头顶上有几百万颗星星,像在拉斯维加斯的老虎机上赢了银币大奖一样,星星密密麻麻倒满了整片天空。

接下来,没有一点儿征兆,起了一场巨大的雷暴——像上帝威力一样巨大。

我紧张极了,因为我刚跟人打赌在阴茎上穿了个环,我心想,要是我的阴茎被雷劈了怎么办?

我站在黑暗中不知所措,等待着灾难降临。我住的度假村被黑暗包围,我也找不到回去的路了。我心里想着,就算我不被雷劈,这说不定也是世界末日。可我这辈子一事无成,除了修过几个烤面包机,就没什么值得一提的了。

我一动不动。像个死人。你的人生在你眼前飞快地闪过,闪过,一闪而过,因为实在也没有什么人生。我是说,你几时做过什么值得做的事?我想当时我正在经历的是一次宗教体验,因为后来回到威尔士,我和神父谈过这件事。他说,水仙花,你当时是站在一片巨大的虚空之中。

接下来,幻象出现了。

我看见无数孤独的男人走在一条破败的路上。他们垂着头,手插在口袋里,没有人说话,每个人都在独行。

接下来,沿着这同一条破败的路,突然有许许多多美丽的姑娘朝这些男人迎上去。这些姑娘不会变老,不会生病。她们永远只会说好,从来不会说不。

天空中,月亮大得像比特币,这时我知道了,我要为人类效劳。

\* \* \*

但是在威尔士,你能做的事有限。

这就是为什么我发展了全球产业。

伦把身子往后一靠。克莱尔定定地看着他。她说，今晚是上帝派你来见我的。

你这么想？伦说。

克莱尔说，我相信你的幻象，伦。我相信它是真的。

谢谢，伦说。

但你却用你的幻象来为撒旦效劳！不是人类……而是撒旦。色欲是七宗罪之一！

男人永远都会想要女人，伦平静地说。

克莱尔的眼里闪着光。你可曾想过为耶稣造一个娃娃吗？

你觉得他会想要吗？伦问。

我是说一位基督徒伴侣，克莱尔说，是的！我现在想到了！可以陪伴传教士、鳏夫，还有受肉欲诱惑的男孩。一位女教友，但她也可以……

操你？伦说。

这么说有点儿粗俗，克莱尔说，顺便提一句，我有工商管理硕士学位，管理学专业。

克莱尔！等等！我说，我以为你来这儿是为了调查我们灵魂的未来，现在你又想跟伦在机器人生意上合作？

我听从主的引导，克莱尔说，我相信我主把我引向了伦·罗德。

他们倒是本家①,我说。

(现在克莱尔怒目而视的对象换成了我。)

我要告诉你一件事,伦说,希望不会冒犯到你。

请讲。

我的第一个性爱机器人,其实,我觉得也是我的一生挚爱,她叫克莱尔。或者说,我叫她克莱尔。她现在退休了。可是,好吧,现在坐在这里,我感觉好像你化成人形又回到了我身边。

我的意思只是我想看一看你的财务报表,克莱尔说。

是啊,是啊,伦说,但这也有点儿像幻象,是不是?

这未必不是主的恩赐,克莱尔说,跟我说说,你怎么打扮你的机器人?

伦掏出了他的手机。别忘了,这是面向成人市场的,克莱尔,不是给耶稣的。

克莱尔一张张翻过伦的档案图片——皮衣和蕾丝、牛仔装和紧身衣、丁字裤和流苏。

我设想的是,克莱尔说,穿一条简洁的连衣裙,头发扎在脑后,皮肤光洁,素颜,还有——

我们还要缩罩杯吗?伦说。

40F对基督徒伴侣来说也许有点儿太大了,克莱尔说。

这需要特制,伦说,和我的户外款女孩一样。她是我和卡特

---

① 姓氏"罗德"的英文拼写为Lord,单词Lord意为"主,上帝"。

彼勒合作开发的。我是说,如果我要投资新款,我得确保它有市场。

我们会创造一个市场,克莱尔说,语气惊人地决绝。生意就是这么做的。

晚期资本主义就是这么做的,我说。

你是个共产主义者吗,利?克莱尔说,可我是共和党成员。强大的经济对所有人有利。

并非如此,我说,不过我不是共产主义者。

他是跨性别,伦说,就像我刚才说的,他的真名叫玛丽。

我的"真"名不是玛丽!

克莱尔看起来不太高兴。她听起来也不太高兴……你让我感到震惊,雪莱博士。我们的样子是上帝决定的,我们不该任意篡改。

我说,如果上帝没想让我们篡改,她就不会赋予我们大脑。

在这点上我同意他的看法,伦说,这可不是常有的事。无意冒犯,克莱尔。

看来我在这儿有不少工作要做。是的,我看得出唯一的上帝引我到阿尔科就是为了今晚的会面。我找到我的使命了。

让我再给你倒杯酒,伦说。

克莱尔,对一切都确信无疑是什么感觉?我说,我的意思是,前一分钟你还痛恨机器人,认为它们都是撒旦奴役人类计划的一

241

部分；现在你却想和一位性爱机器人巨头合作。

克莱尔用怜悯（或者轻蔑？）的眼神看着我。利恩，常人进步靠的是自大和对智力的狂妄自信，我遵循的是上帝的启示和点拨。主告诉我改变看法的时候，我就改变看法。

好吧，我说，我懂了。可是告诉我，克莱尔，你从不会犹豫吗？不会怀疑吗？从不会因为自己——或者别人身上让你无法理解的事，一个人在夜里痛哭吗？

不会，克莱尔说，我祈祷。我也会为你祈祷，玛丽。圣经中没有人是跨性别的。

圣经是很久以前写的了，克莱尔，我说，圣经中也没有人坐飞机，喝波本威士忌吃熔岩奶酪，或者……用热夹板拉直头发。

你的头发很美，伦说。

万物皆变，克莱尔说，你会变，我会变，唯有上帝不变。

乐队回到了台上。节奏不错，旋律不错。克莱尔拉伦站起来，让他一起跳方块舞。我起身去找洗手间。出了酒吧后门再走一小段路，星空下有一排露天的隔间。我推开弹簧门进去，音乐声渐弱。

一个男人摇摇晃晃地站在小便器前，他年纪略大，体格壮硕。我看了他一眼，进了坐便间。我听见他结束了解手。他听见我在小便。他在门上踹了一脚，吼道，你以为我是死基佬？

我没理他。一秒钟后他撞开门走了，弹簧门在他身后来回摆动。我拉上拉链走出了隔间。我洗手的时候，他又撞开门回来了。你该死的鸡巴有什么了不起的就你自己能看？

你喝多了，我说，离我远点。

我朝门走去，他拦住了我的去路，眼神因酒醉而迷离。像个爷们儿一样尿。来啊！

我完事了，我说，请让开，好吗？

他学着我的口气说：请让开，好吗？你说话像个娘们儿。

他一把抓住我的裆部——发现我那儿什么也没有。

他妈的怎么回事？

让我走，我说。

你走错厕所了，小家伙，对不对？你是个什么东西？该死的男人婆？

我是跨性别者。

他的重心在两脚之间摇晃着。进隔间里去！你不是喜欢那儿吗。

我试图绕过他出去。他狠狠地撞了我一下，力度之大让我失去了平衡，我倒在地上。他伸手把我拖起来。

我心里想着：我要么会被打一顿，要么会被强奸。哪个更惨？

我用不着自己选了，因为他把我推进了隔间，用力关上了门，把我顶在门上。他笨拙地拉开自己的拉链，掏出阴茎。

这是真货你这该死的男人婆基佬。你想要吗？

不想。

243

不要也得要。他把手塞进我的衬衫。

你这该死的怪胎！你把你奶子割了？没奶子，没鸡巴。该死的怪胎！

他开始扯我的牛仔裤。他肥胖肮脏的手指试图拉开我的拉链。

把你的手从我身上拿开，我说。

你不喜欢我拿手碰你，你这个小怪胎？

他反手一拳用手背打在我脸上。

我说脱掉！

他的脸离我的脸不过一英寸，他把烟酒气呼到我的脸上。我解开牛仔裤，别过脸不看他。

他射不出来。他只是在干涩地抽动，怎么也射不出来。他比我高一大截，体重有我的两倍，但恐惧有时能让人的头脑异常清晰。我意识到我可以让他失去平衡，利用他的体重和醉态扳倒他。他醉得厉害，他进来的时候不得不把脑袋抵在隔间的门上。

把你该死的腿分开点儿！

我动了，他也动了，我抓住他移动的时机用尽全力推了他一把。他往后一仰倒了下去，撞在马桶上，脑袋咚的一声磕在水泥墙上。有那么一秒钟他失去了神志，他离门的距离足够我逃出去。我提起牛仔裤，飞奔进酒吧后的夜色中。


室外，我静静地站在原地，整理好衣服，小心地检查着自己的身体。没有撕裂，没有血迹，没有精液，只有他留在我手指上的肮脏气味。现在他出来了，跟跟跄跄，跌跌撞撞，气急败坏地嚷着污言秽语。他在外间的门口停住了，他的影子投在石台上。我的汗凉了下来。如果他现在发现了我……但又有两个男人要去洗手间；我听见了他们的说话声和脚步声，嗨！站稳了，老兄！那才是回酒吧的路！

他们一定是让他掉头回去了，因为我听见他开门时传出的一阵响亮的音乐。

好了，没事了，我对自己说。

我顺着棚屋粗糙的外墙滑下来，下巴顶在膝盖上，蜷缩进自己的身体里。我浑身酸痛。我需要用消毒液冲洗，再上一些药膏。这不是第一次，也不会是最后一次。而且我不会报案，因为我无法忍受警察的嘲讽、恐惧和不怀好意的眼神。我无法忍受不管怎样过错都在我的先入之见。如果过错不在我，我为什么不抵抗？我不会说，去急诊科值几天夜班，你就会知道抵抗对你没有什么好处。我不会说，咬牙忍过去是最快的办法。我不会说，难道这就是我必须付出的代价，只因为……

因为……因为什么？我要做我自己？

因为自己或别人身上让你无法理解的事在夜晚痛哭。在夜晚痛哭。你不会吗？

泪水湿透了我的膝盖，我把脸贴在膝上蜷坐着，把自己变成尽可能小的一团。把自己变成自己。这就是我的身份。

你的本质为何？

你的肉身由何造就？

希望是一种责任。希望是我们的现实。

雪莱这样说,也这样相信,但对我来说,光已经熄灭了。里面的光,外面的光。我没有烛火,没有灯塔。我漂浮在巨浪滔天的海面,我在礁石边破碎失事。

罗马,威尼斯,里窝那,佛罗伦萨。我们回到了意大利,因为我们无法在英国生活。思想狭隘,自命不凡,自以为是,偏颇不公,这是一个憎恨异己的国家,无论这个异己是外国人、无神论者、诗人、思想家、激进分子,还是女人。因为对男人来说,女人也是异己。

但这并非我的黑暗。我的黑暗从我出生起就笼罩着我。死亡的黑暗。

我年幼的女儿发烧了。我丈夫那时已经到了威尼斯,我本该留下静静照顾我的孩子,但我却决定追随他到威尼斯去。四天车马劳顿、尘土、污秽、颠簸、嘈杂、不洁的水源,待我们赶到威尼斯,他跑去请医生的时候,我美丽的卡儿已经在我怀里停止了呼吸。我不让人把她抱走,我紧紧抱着她冷却的身体。还能说些什么?

这之后一年,一八一九年,我们到了罗马。我的小男孩儿威尔——我们总叫他威尔莫斯——意大利语说得像个街头小贩。对他来说,意大利就是故乡。

有人警告过我们不要留在罗马,夏天疟疾非常致命。但威尔在那儿过得快活极了,我的精神逐渐恢复,我对雪莱坚不可摧的爱又重新点亮了我内心的烛火,而他成了我的灯塔。

就在这时,厄运降临了。一八一九年六月七日,本该是我丧命于这一天,死的却是威尔莫斯。一周的时间里,他每天死去一点点,直至完全消失。他的生命,一去不返了。它去哪儿了?这如此强烈的生命。就这样消失了?在化学反应和电流活动终止以后,生命去哪儿了?我说,生命去哪儿了?

我丈夫试图抱住我,阻止我冲着墙上的画嘶吼。我孩子的画没有发烧。我今年二十二岁。我已经失去了三个孩子。

雪莱也一样，你会说，雪莱也失去了三个孩子。但他不会崩溃。我已经支离破碎了。

* * *

我又怀孕了。下一个孩子会在十二月出生。我不知道自己能否承受这个现实。死亡的现实。紧随着出生的死亡。雪莱来到我身边：别碰我。

我看出我的冷酷伤害了他，阻隔了他。哦，我亲爱的，我看不见了的灯塔，我不是冷酷。我只是要疯了。你听到了吗？（我是那个对墙嘶吼的女人。）我要疯了。

无法工作，无法进食，无法入睡，无法行走，无法思考，在我头脑中只有残破的画面闪过，我置身于一片墓园，四处都是小片坟茔。做梦时，我梦到的都是死去的孩子。怪物。什么由我创造，又被我亲手杀死？

我不肯让用人换掉他死在我怀里时床上铺的床单。我在死亡的腐臭中躺了三个月。哪样更好呢？是像成年人那样渐行腐朽，最终崩解为蛆虫滋生的纷繁尘埃，还是像孩子那样死去，两颊绽放着活力，双唇依旧鲜红？哦，可是脸色却哀沉苍白！

带我离开带我离开带我离开死亡。

九月的一个早晨，雪莱拿着英国寄来的一封信和几张报纸来敲我的门。

发生了一场屠杀，他说，一个月前的事，但消息刚传到我们这儿。报道在这里。

发生在哪儿？我说。

在曼彻斯特，圣彼得广场。人们称它为彼得卢，取自滑铁卢。

以我的亲身经历，我知道兰开夏郡的情况有多糟。一八○五年，一名纺织工人一周工作六天能挣十五先令，足够维持一家人的生活。到了一八一五年，拿破仑战争结束的时候（这场战争以滑铁卢战役告终），同样一名工人最多只能挣五先令。而相应地，政府出台了《谷物法》，禁止进口廉价国外粮食养活挨饿的家庭。

为何会有如此疯狂之举？他们称这为爱国。英格兰属于英国人！约翰牛的面包，约翰牛的价钱。[①] 可真相却是另一回事。《谷物法》维护的是英国大腹便便的士绅地主的利益，他们以爱国为名，随心所欲地制定自己谷物的价格。就这样，他们靠让女人和孩子挨饿，靠损毁工人的身体保住自己的财富。这就是我们所谓的英国政府。

---

① 约翰牛(John Bull)，英国的拟人化形象，源于 1727 年出版的小说《约翰牛的生平》。

正是如此，我亲爱的！雪莱说。看到我在他面前恢复了一丝本性的敏锐，他大受鼓舞。的确，我从床上坐了起来。

可引燃这场暴力的导火索是什么？我问。

他走过来坐在床边。

他说，兰开夏郡的男女民众进行了一场集会，激进派演说家亨利·亨特在集会上发言。他们的诉求是废除《谷物法》，让勤勤恳恳的男男女女有饭吃、有活干。他们还请愿结束对议会的不正当操纵。议会议员都是乡绅和贵族出于一己私利选出来的，重要工业城镇和城市没有实际的代表权。

这是对的，我说，英国的财富正从土地向城镇转移，然而这个日益壮大的工业从业者群体没有自己的发言权，也没有人替他们发声。

正是，的确如此！雪莱说，这里就是这么说的，在报纸上。这儿的报道里说（他举起报纸，因为字印得很小，他的视力又弱），参加集会的人群浩浩荡荡——有十万之众！

十万！我说。

是的，是的，他回答，而且据说都衣着整洁，克制有序。

那么导火索是什么？我说。

啊，是这样，雪莱说，治安官非但拒绝承认这场抗议的号召力，反而派出军队驱散他们口中的"暴民"，更过分的是，他们还召来了骑马佩刀的重骑兵。然而所有报道都说抗议者像在教堂做礼拜一样平和冷静。

不义至极,我说,而不义的不是民众。

雪莱查阅着报纸:有十五到二十人被杀,数百人受伤。而且看起来,重骑兵专门冲撞女人。

好一群勇士!我说。

* * *

雪莱说,军队对抗议者实施的暴力激起了巨大的反对声浪。政府把责任推到抗议者身上,并且拒绝为曼彻斯特治安官的行为负责,也拒绝为自己引发这场抗议的所作所为负责。但声浪无法平息,连顽石都在怒吼!

这会成为英国革命的序幕吗?

我不知道,雪莱说,我们还会收到更多消息的。

如果我母亲能看到这一天,我说,她一定会动身去曼彻斯特。

我们可以回英国,雪莱说,为这场抗议贡献我们的力量。

我怀孕了,我说。

他拉起我的手。我知道……

他接着说,求你回到我身边,玛丽。你是我的灵魂之魂。

我握着他的手,苍白、细瘦又修长。这只手放在我的身体上,这只手抚过我的发丝,这只手喂给我奶酪(我怀孕时总想吃奶酪），这只手写下诗歌。他手上戴着的戒指向全世界宣示他是我的丈夫。

我并没有离开你，我说。（但这不是真的。）

我们可以去佛罗伦萨，他说，重新开始。

我们总是在重新开始，我说，我们是不是在每一个地方都要留下一个死去的孩子？

他迅速下了床，手捂着脸踱到窗前。他拉开遮光帘。阳光好似穿透了他精灵般的身体。

别这样，玛丽！我求你了！从床上起来，洗脸。写作！写作！

他大跨步回到我身前，捧着我的双手跪在床边。我的爱，让我们去佛罗伦萨吧，我们的新孩子会在那儿出生。

在冬天，我说。

在冬天，他重复道。（停顿，停顿。）

然后他说，如果冬天来了，春天还会远吗？

我们后来一一照做了。我起了床，让用人把被褥浸在盐水里。我洗了澡。我坐在书桌前，放上一壶酒，给笔蘸上墨。

《弗兰肯斯坦》去年在英国出版，获得了不错的反响。它也许会长存下去。奇怪的是，他的脸也会出现在我的梦境中。维克多，这个无缘胜利的胜利者。这是个巧合吗,我笔下只有失去和失败?

我和雪莱在一起已经五年了。在其中的四年里,我们的孩子——无疑是我们共同生活的结晶——相继出生、死去。难道这终归是对我们生存方式的惩罚?我们是局外人,异己者。

我母亲不怕成为局外人。但她渴望爱。

我拥有爱,但在这个死亡充斥的世界里,我寻不到爱的意义。但愿世上没有婴儿,没有身体,独留思想沉思真与美。若我们不受缚于身体,便不必受这般折磨。雪莱说,他希望能把灵魂印在一块岩石、一朵云,或者某个非人的形态上。我们年轻的时候,我曾因他的身体终将消失而绝望,哪怕他并未离去。而如今,我所见的只有身体的脆弱,它们不过是行进的组织和骨骼。

在彼得卢惨案中,如果每个人都能传送自己的思想,把身体留在家里,屠杀就不可能发生。我们无法伤害不在此处的东西。

想象一下,如果"此处"并不存在;如果我们是永恒的纯粹精神,不受死亡和时间之轮的束缚,又将如何?

如果我的威尔莫斯是能随心所欲进出身体的精神,便不会有疾病能夺去他的性命。我们的身体会像一套衣服,我们的思想则能够自由驰骋。这样,若非寄居于我们的身体,死亡又当何处安身?在我的梦里,我的孩子唤我跟他们走,只需沿着那条幽暗的走廊再拐一个弯。如果不是因为我正孕育的这个生命,我会去的。

耐心一点儿，一切都会结束的。
我母亲的临终遗言。

在佛罗伦萨，我们住进了体面的宅子。雪莱在读克拉伦登的《英国叛乱史》以及柏拉图的《理想国》。他急于在英国建立一个理想国。他从不放弃他的乐观——我一度和他享有一样的乐观——但现在看来在善与恶的较量中，恶占了上风。就连我们最善意的努力也最终倒转与我们为敌。一台纺织机能胜任八个人的工作，它本该使八位工人摆脱奴役。实际却是七个技术工人因此失业，整个家庭忍饥挨饿；另外一个技术工人则变成了机械织机毫无技术可言的保姆。如果进步仅使少数人获利，而多数人受苦，那它又有什么意义？

我把这话说给雪莱听，当时他正在朗读。事实上，听人朗读是有限度的，尤其在房里没有酒的时候。用人不小心让酒壶从驴背上掉了下去。或者她把酒壶偷走了。
我对我丈夫说，多数还是少数？

他抬起头，他停止了朗读。玛丽！你给了我灵感。我正在写一首关于彼得卢的诗，一首关于革命和自由的诗。我希望全天下敢于争取自由的男男女女都能听到这首诗。

我们还有奶酪吗？我说。

我的诗叫《暴政的假面游行》，雪莱说，你知道今天我在图书馆读到了什么关于自己的内容吗？是刊登在《评论季刊》上的，刚从英国送过来。当时我正坐在英文刊物区，旁边坐着那个小眼睛的胖女人，就是每天去教堂、在市场上盯着我们看的那位。她也在读《季刊》……

> 雪莱先生会废除财产权。他会推翻宪法……遣返陆军，解散海军。他会拆毁我们的教堂，夷平我们的政府。他无法忍受婚姻，奸情将可悲地大量滋生……

他凭记忆历数着自己的条条罪状。最后他大叫道，我绝不会拆毁教堂！我热爱教堂，令我反感的是里面发生的事。

给我读读你的诗吧，别再重复别人的恐惧和嫉妒之言了，我说。

我的诗还没完成，他说，但你向我点出了我最出彩的诗句！哦，玛丽，你记得吗？我还记得，就像一条小狗在它主人住过的弃屋前不顾一切地抓挠着房门。你记得在日内瓦的那个夏天，我们一起创作的时候吗？你刚开始写《弗兰肯斯坦》，我们常常聊到深夜，我常常给你读我新诗里的句子。我们那时过得很幸福。

威尔莫斯那时还活着，我恍惚地说（因为我的确记得，我怎么可能忘？）。

那时的我们有什么不同？他说。现在的我们难道不是当时的我们了吗？

他从扶手椅里站起来，吻了我的额头。

给我读读，我说。

于是他开始朗读《暴政的假面游行》。他的声音像海潮一样涨涨落落，我暗自思忖着，人类的梦会有怎样的结局？我们会看到它在痛苦和绝望中终结吗？我们会从此生的残酷中解脱吗？会借助某种高超的智能找到更好的办法吗？

"骑兵的弯刀
闪着寒光飞旋，如同无面的星辰
饥渴地将它们的烈焰
没入死亡和悲痛的海。

"你们屹立着，沉静，坚毅，
如一片默然无语的茂密森林，
紧抱的双臂和眼神
是你们不败之战的武器……"

雪莱停下来，用铅笔写着什么。我要把你那句话加进来，他说，根据诗的意图做了修改。它会是最后一节：

"起来,像睡醒的雄狮

你们为数众多,战无不胜——

挣脱你们的枷锁,如同抖落

熟睡中沾身的寒露——

你们是多数——他们是少数。"

我们是多数,他说,许许多多的雪莱,许许多多的玛丽。今夜,许多人的幽灵支持着我们,而待我们此生终了,我们也会像他们一样。身体终将衰朽,凋零,但它不是人类梦想的终结。

人类的梦……

头脑——比天空更宽广——

——艾米莉·狄金森

不锈钢盒子立在那张不锈钢桌子上。

说话的脑袋[1]！伦说，我爱那支乐队。《真实故事》！那张专辑绝妙！你们看过那部电影[2]吗？唱着"我穿着皮草睡衣"出场的胖家伙，那是我。

历史上有过不少会说话的脑袋，维克多说，或者说，在人类想象的历史中有过不少。其中最奇怪的一例可以追溯到自然哲学家及兼职炼金术士罗杰·培根。在十三世纪晚期，据说他造了一个会说话的铜脑袋。

它说了什么？

---

[1] 说话的脑袋（Talking Heads），英国 20 世纪七八十年代著名流行乐队，国内通常译为"传声头像"。
[2] 指专辑的同名音乐电影《真实故事》（*True Life*）。

没说几句：时为当下，时为过去，时间已过。然后它就爆炸了。

要我说，是时间浪费，伦说，我的姑娘们话说得比这好多了——而且她们有健康安全的认证标志。你不会想让你的老二被炸成碎片，对吧？

*　*　*

伦！克莱尔说，关于脏话粗口我们说好了的？

抱歉，克莱尔，伦懊悔地说，教授，我还没给你介绍——这是克莱尔，我的新商业伙伴，也是我一生的挚爱。克莱尔，这是斯坦教授。一位天才。

谢谢你，伦。

我正准备投产一款叫基督徒伴侣的新机器人。克莱尔已经给全美所有的福音派教会发了邮件。我们收到的反响十分热烈，是不是，克莱尔？

是的，一点儿不错！克莱尔说，行走在那条狭路上的人生难免孤独。耶稣本人尚有抹大拉的玛利亚为伴。

他们逃亡到法国的时候是不是有一大群孩子？耶稣和玛利亚的血脉？就像《达·芬奇密码》里写的？伦说。

他们的结合是纯洁的，克莱尔说，丹·布朗写的东西不能全信。

但那是个不错的想法，伦说，比钉死在十字架上强。

伦!

我是说,从耶稣的角度看……

耶稣的死是为了给我们赎罪,伦。

我知道他是这样死的,克莱尔。我听见你的话了。我只是遗憾他没能去到法国。

维克多说,有些神学家——以及丹·布朗——相信耶稣有另一种人生——一段拥有孩子的人生。

耶稣从来,不曾,有过性生活,克莱尔说。

你确定吗?维克多说。

确定无疑,克莱尔说。

可是克莱尔,伦说,关于我们的基督徒伴侣,我想我们已经说好要保留前后两个洞和震动功能?还有嘴……

是的,克莱尔说,使用方式取决于个人。

幸好!伦说,我刚下了两万个上帝机器人的订单,我可不想再堵上六万个洞。

伦!

抱歉,克莱尔。我的灵魂归你管,但生意归生意。嗨,教授!你在梵蒂冈有熟人吗?

恐怕没有,伦。再说,我想你对生产男性机器人也并不感兴趣?

以前是不感兴趣,但那是因为推力问题。我现在设想的新机器人不是给女士用的,他们是宗教服务机器人,供神职人员使用的。只要屁眼够深……

伦!!!

我们讨论过这个的,甜心,伦说,我们都同意这能够帮助容易受侵害的年轻人。

我只是不愿和一个刚见面的人谈这个,克莱尔说。

哦,在教授面前你可以畅所欲言,伦说,他是个科学家。

何不一起喝杯茶?维克多说,之后我就要去处理我的头了。

这有点儿诡异,伦说,桌子上放着颗装在罐子里的头。但这整个地方都有点儿诡异。

\* \* \*

我们四个人在隧道里。那天早上的电力供应时断时续——摇摇晃晃的长条灯突然喷出几阵刺眼的白光,然后是电流故障的嗡鸣,周遭在亮——灭——亮——灭的灯光下忽隐忽现,我们一瞬间被黑暗笼罩,下一瞬又仿佛置身于地穴的幽光中,光亮不像是在照明,更像是在监视我们。

克莱尔打量着两台蒸汽机大小的巨型发电机。为什么叫它们简和玛丽莲?她问。

冷战期间在这里工作的人给它们起了玛丽莲·梦露和简·拉塞尔的名字,维克多说,你要是在这里到处走走,能看到不少褪色的五十年代影星海报。

那时候她们的身材都棒极了,伦说,从崔姬开始就变了形。我看这全怪代餐饼干。

言之有理,伦,维克多说,大多数问题都可以归咎于饮食习惯的改变。我倒很好奇非生物生命形式能找到什么自我毁灭的办法。总之不会是糖、酒和毒品。

我以为人工智能会完美无缺?伦说。

谁知道呢?维克多说,人类的创造什么时候完美过?我们总是本着最好的初衷……

你的态度和平时不太一样,维克多。这可不像你的 TED 演讲。

维克多耸耸肩。我们总会知道的。无论如何,它难道能比人类更糟吗?我今天刚读到,一九七〇年以来人类已经造成了百分之六十的野生动物灭绝。在巴西,那位冒充民选总统的独裁者要为了商业利益开放亚马孙雨林。人工智能已经是人类的最佳机会了。除此之外我们做什么都为时已晚。

盒子里那个家伙呢?伦说,对他来说也为时已晚了吗?

那个不锈钢盒子立在那张不锈钢桌子上,像电视挑战节目中的最后一关。打开那个盒子,维克多。

我已经为杰克做好了安排,如果我能成功的话。你们想看看吗?

维克多消失在他前厅中的一间。我从未被邀请进入过那些房间，它们就像蓝胡子的内室。其中一间会有一扇最小的门和一把染血的钥匙。但会是哪间？

维克多带着一个半是木偶、半是机械的东西回来了。它的圆柱底座下面装着轮子，上方的身体装有两只手臂和一个脑袋。整个东西大约有六十厘米高。

杰克是个小个子，维克多说，我想他会喜欢这个的。这是他的新身体。

你要把他的脑子装到这身体里吗？伦说，它像个小孩的玩具。

不是他的脑子。他的脑子提供的是大脑神经系统。等我上传完内容，我就用不着它了。大脑只是外包装。把你自己想象成数据，伦。你的数据可以存储在任何容器中，目前它存储在一台大号肉质保险箱里。

谢了，伦说。

我的目的是让杰克能四处活动。上传人类的困难之一便是他们脱离身体后会经历巨大的冲击。身体是我们所熟悉的。

我没听懂，伦说。

这样想，维克多说，你的大限已至，你的身体行将就木。我上传你的数据——你存在的全部信息——现在你成了我电脑上一个叫"伦·罗德"的文件。

我不会喜欢的,伦说。

比起死你会更喜欢这个,维克多说。

我又不会知道我死了,伦说。

听我说。一旦你变成了纯数据,你就可以把自己下载到各种形态中。碳基身体可以让你享有和过去完全一样的自主性,同时你会拥有超强的体力和超高的速度,而且不用担心受伤。要是你的腿脱落了,我们就给你装上一条新的。要是你喜欢翅膀,我们给你换副超轻外壳,然后你就能飞了。

现在,维克多说,你们想不想穿上防护服跟我来?隔壁的房间很冷。我要打开那个盒子了。

我们看起来像冷库里的屠夫。面罩、护目镜、手套、保温服。

我们随维克多穿过一条走廊。这里的灯为什么晃来晃去,像疯子身上的镣铐?难道这是我们的私人贝德莱姆吗,幽深、隐秘、非法,藏着我们不该知道的东西?

维克多仿佛能读到我的想法。

他说,有轻微晕船的感觉不用慌,我们就像在一艘潜艇上。我们能感觉到上方城市的移动、摇晃。我们的空气和电力供应都依靠通风设备和发电机。这是一套生命维持系统。

我浑身都是灰,克莱尔说。

恐怕是因为震动，维克多说。

有人探索过这下面的全部区域吗？伦说。

没有，维克多说，没人能。这里面有死胡同、路障、中断的岔路。整个曼彻斯特地下遍布着地堡、通道和小路。

维克多推开一扇门，一股强烈的冷气扑向我们。我们走了进去。

我们置身于满屋冰雾中，整间屋子在雾气里时隐时现。这一刻我们短暂相视，像陌生人，像监视者；下一刻我们又从彼此的视野中被抹去，恍若离世。一面墙前摆放着一排设备。

请把盒子放下，维克多说。

伦放下了盒子。

很好，维克多说，就像佛家说的，往者已逝，活在当下。

维克多开始拧松盒子外壳上的螺丝。他一边工作一边说话，仿佛这只是世界任意一个地方的一间寻常实验室里的一场寻常的演示。寻常的螺丝刀，寻常的讲解。

维克多说，婴儿的大脑由大约一亿个神经元组成，每个神经元又和另外约一万个神经元相连。它们的工作简单——却令人惊叹。各种各样的信息以一连串电脉冲的形式流过神经元，被细胞的枝状突起接收。这些枝状突起叫作树突。但大脑不是自我封闭的。一起激发的神经元相互串联——你们听过这个理论吧？大脑是一台模式制造机。我今天希望实现的就是恢复其中的部分模式。

说完他揭开了脑袋上带衬垫的头罩。

我们几乎不敢相信自己看到了什么。这就堪比我们在北极意外遭遇了一座堆石纪念碑,在帐篷里却发现了斯科特[①],发现了来自另一个世界的悬置的身体。

面庞干瘪,发丝细脆,胡须直挺——一根根朝外刺着,嘴唇塌陷得几乎看不见,整颗头像座蜡像似的立着,双眼合拢。

液氮化成的烟雾环绕在头周围。他——它——仿佛降神会上被召唤而来的东西,阴森可怖,神秘莫测。它会开口说话吗?

你好,杰克,维克多轻声说。他伸出手套包裹着的手轻轻摸了摸那颗头。我一直惦念着你。

他转向我们。我很高兴向各位介绍我的朋友兼导师,I. J. 古德。

---

[①] 罗伯特·斯科特(Robert Scott),英国冒险家,曾到达南极,但他和他的团队在从南极返回的过程中遇难。

**伦敦汉普斯特德，一九二八年**

伊萨多！别盯着你的肚脐眼看了，给我把瞟（表）匣拿来。

好的，爸爸。

他父亲穿着衬衫和马甲坐在他工作室的工作台前。他一只眼睛上戴着单片眼镜，俯身在一页纸上，纸的表面散落着细小的齿轮和更加细小的钻石。金表壳敞开着，里面空空如也。

再过两个小时就是安息日了，伊萨多。

是的，爸爸。

去池塘玩吧，你想去池塘吗？去吧！

你把它修好了吗，爸爸？

他父亲朝木制工作台下的一个木抽屉示意了一下。

伊萨多拿出那架汉莎—布兰登堡发条飞机模型。他这个年纪不会记得那场战争。他是一九一九年，战争结束的第二年出生的。一位叫格雷夫斯的军官给了他父亲这只德国铁皮玩具，算作修表的报酬。这架水上飞机约三十厘米长，可以轻松横渡白石池塘。

每次他带它出来，其他男孩都会来和他玩。

他拿着水上飞机跑上冬青山，面向着那片池塘。酿酒厂拉大车的马把它们沉重的腿浸在浅滩里降温。男孩中有几个正在玩一只皮制的足球。

嘿！犹大！

他们叫他犹大。

他把他的金丝边眼镜塞进外衣口袋。袜子被他跑松了。他比同龄的孩子个头小，但比他们都聪明。

数字，伊萨多，数字！他父亲用钻石拼出图案，就像耶和华创造群星。

他不信神。


他给汉莎—布兰登堡上好发条，蹲低身子让它在池塘上航行。

飞机到达对岸时，一个男孩把它抓起来举过头顶，嘲笑着伊萨多。肮脏的犹太人！然后他铆足力气把那只铁皮玩具远远地扔进池塘。它的发条松了劲，漫无目的地在水面上下沉浮。伊萨多别无选择，只好涉水去拿。他脱下鞋袜拿在一只手里，哆哆嗦嗦地下了水。水漫过他的膝盖，开始浸湿他的厚短裤。那群男孩笑个不停。

不要回头，伊萨多，不要回头。你对自己说。对你自己说。这是他母亲说的：不要回头。

他不会像圣经里罗德的妻子那样变成一根盐柱。她回头了。

另一个人也回头了——那个希腊人,俄耳甫斯。

他没有回头;他抓住铁皮飞机,笨拙地蹚到了池塘对岸。赶车人抽着烟斗,和马一起站在岸边。没人和他说话。

他回家时走得很慢。他喜欢那些环绕山坡的高大房子,他脚下的鹅卵石,他头顶的大树。

太阳快落山了。昏暗的光线和煤烟。他母亲点上了安息日蜡烛。他父亲戴上了圆顶小帽,正站着等待伊萨多。伊萨多穿着湿短裤站立着,戴上他的金丝边眼镜,他们开始一起诵读犹太教祷文。


他数学学得比全校男生都好。他上了剑桥。轻而易举。现在他不再是波兰裔犹太人伊萨多·雅各布·古达克。他是 I. J. 古德,朋友们叫他杰克。

一九三八年,他从剑桥大学耶稣学院毕业的那年,希特勒吞并了奥地利,西格蒙德·弗洛伊德移居到汉普斯特德。那是个对犹太人极不友好的年代。

但在一九四一年,他应邀到布莱切利园八号小屋工作。阿兰·图灵是他的上司。古德在此的任务是进行海军密码的破译。图灵的团队此时已经破解了德国空军和陆地作战部的恩尼格玛密码,但纳粹德国海军对无线通讯的保护做得更加严密。信号需要几天时间才能破译,这使它们在军事上毫无用处。

醒醒，你这个小混蛋！

图灵摇着他的肩膀，图灵的羊毛领带不停地拍打古德的鼻子。

你病了吗？

不，我没病！我累了！

这是夜班。

反正也没似（事）可干。我还不如睡觉！

大伙都醒着，就你睡着了？

我没睡着！你把我哱（弄）醒了！

有时候，只是有些时候，他说起话来像他父亲，但多数时候他的口音都过得去。

这是个糟糕的开始，但杰克做梦的时候效率最高。他刚才梦到了白石池塘上的那架汉莎—布兰登堡。

*Kenngruppenbuch*[①]。

德国操作员一定会在三码组[②]中加入伪字母。是随机加入，还是有一定的规律？他研究了几条已经破译的消息——是的，有倾向性……德国人在使用密码表。

他向图灵指出了这点……图灵又开始和他说话了。

后来的一个晚上，工作结束，灯光昏暗，他凝视着一条无法破译的消息——恩尼格玛机调到"军官"设置——他看啊，看啊。

---

① 二战期间纳粹德国海军通过恩尼格玛密码机加密时使用的密码本之一。
② 三码组对应恩尼格玛密码机上三个密钥轮的初始位置，即解码的密钥。

此时他双眼低垂，太阳已经落山，他父亲的声音，饺子和卷心菜的香味，然后他睡着了，倒退着穿越时间，被时间的鞭子抽打着像陀螺一样飞转，他跑松了袜子，跑下山坡——还是跑上山坡？——奔向池塘，池塘仿佛一轮月亮，他抬头看着月亮，满月当空，星星粲如钻石，他父亲正在修表，他母亲说不要回头，男孩们在嘲笑他，这时他意识到，顺序被颠倒了。

顺序被颠倒了。

早上，他在恩尼格玛机上把变码和特别码的顺序都做了颠倒。他破解了密码。

他像个时间旅行者，克莱尔说。

时间旅行者，维克多说，这个词第一次被人使用是在一九五九年。

你懂的真多，克莱尔说，告诉我，你结婚了吗？

太忙了，维克多说。

是这样吗？我说。

我端着一托盘尼禄咖啡厅的咖啡和三明治回到房间。就算是疯狂科学家也要吃饭。

你有多带一份咖啡吗？维克多说。

没有。怎么了？

看来我们有了一位不速之客。

维克多弹了弹监控屏幕。一个人打着手电蹑手蹑脚地走下楼梯,活像希区柯克电影里的临时演员,那人正是波莉·D。

该死!我说,她是怎么进来的?

她跟踪你,维克多说,我们是不是该去迎接她?

\* \* \*

维克多拉下一排胶木电闸,它们好像《弗兰肯斯坦》电影里堆叠的电箱。整个地下被泛光灯照亮,我们这座混凝土地堡里与世隔绝的寂静被一阵仿佛来自《世界之战》的警报声轰然打破。

老天爷,教授!伦说,我戴着助听器呢!

维克多以十足的舞台风范一把拉开大门,他应该穿一身白大褂的。

D小姐,真让人吃惊。喜谈不上,惊倒是真的。

门是开的,波莉说。

所以你就不请自来了。

你在这下面做什么?

不,不,维克多说,你在这下面做什么?

我有几个问题,波莉刚开了个头,维克多就举起一只手。

恐怕我要让你失望了，D小姐。这儿没有藏在地下室的超级人工智能，没有整装待发即将攻占不列颠的机器人大军。我不是奇爱博士。待突破到来的时候，它会发生在美国或者中国。试试用花言巧语混进脸书八号办公楼，或者黑进埃隆·马斯克的Neuralink[①]——但别在曼彻斯特浪费时间，它只是这一切的起点。但英国没有实现下一步飞跃的资源储备。

你有颗脑袋……

全脑仿真？你是对这个感兴趣吗？那就去牛津的人类未来研究所见见尼克·博斯特罗姆，他挺有意思的。

你在试图复活一颗冷冻的大脑，不是吗？

维克多耸了耸肩。

我想把这个故事写下来！

你当然想。大家都想。穿白大褂的疯狂科学家，隐秘隧道，玻璃化的大脑重获新生。

不好意思，克莱尔说，我是不是在哪儿见过你？

两个女人互相打量着。

哦，天啊！波莉说，智能震动棒！

你也是参加展会的鸟儿？伦说，那场性博会？

别叫我鸟儿，波莉说。

---

[①] 埃隆·马斯克创立的神经科技公司，致力于开发脑机接口技术。

抱歉，猫咪，伦说，你是在那儿做模特吗？你看起来像个模特。

我不是模特，波莉说。（我看得出她并不介意被误当成模特。）

好吧，无论如何，伦，你当时在那儿。不过我可以告诉你，从那以后发生了不少事——教授和我达成了生意合作——克莱尔成了我的新任首席执行官——哦，还有，我们决定买下威尔士。

什么？整个威尔士？我说。

是的！计划是把威尔士呈现为世界上首个完全融合国家——人类和机器人和谐共处。

威尔士投了脱欧票，我说，威尔士属于威尔士人，记得吗？你怎么会认为这片韭葱之地愿意接受一个多元文化的机器人世界？

妙处就在这里！伦说，这些机器人会是威尔士人，不是外国人。我们会在加的夫生产所有机器人，他们全都操着威尔士口音。

多么美妙，克莱尔说。

解决了种族歧视！伦说，解决了脱欧问题！我们可以让机器工人摘西蓝花，打扫马路，在医院工作，但他们全都是威尔士人。这简直是新世界的典范。

的确很有创意，维克多说，你可以把它推销给匈牙利和巴西。或者特朗普。杜绝墨西哥机器人。

聪明绝顶！波莉说，你愿意接受《名利场》的采访吗？

那是个美妆杂志吗？伦说。

我们非常乐意！克莱尔说。

这一定会大火,波莉说。她掏出她的 iPhone。

有人知道你在这儿吗?维克多问。

老天,没有!这是我的独家报道,这一切都是。脱欧机器人。说话的脑袋。让我们来拍张照吧——就在这疯狂摇晃的灯光下面。

波莉往后退了退,举起她的手机。一瞬间维克多就到了她身后,她的手机出现在了他手里。

什么?还给我!

这是私人领地,维克多说,禁止使用手机。

这是侵犯人权!克莱尔说。

iPhone 不是人权,维克多不紧不慢地说,隐私才是。

哦,是吗?波莉说,像你这样的人都是这么为自己开脱的?隐私,闭门会议,保密协议。

你是非法入侵,维克多说,等你走的时候我会把手机还给你。顺便提一句,你也许会感兴趣,一九八六年,你出生的那年——

你怎么知道我是哪年出生的?

不是只有你会做背景调查,维克多说。

这到底是怎么回事?克莱尔说。

一九八六年,维克多接着说,世界上最强大、速度最快的计算机是克雷超级计算机,它占据了整个房间。而现在这部智能手机的性能都比它强。这就是进步!

他把手机举过头顶。波莉跳起来想抢夺,又落了回去。这真是无法无天!她说。

我同意！克莱尔说。

女士们！伦举起两只肥胖的小手说，我们不要刚见面就吵架。我支持教授。他的地盘他做主。波莉！你不是受邀而来的。你既然来了，就得守规矩。

谢谢你，伦，维克多说，波莉，既然你这么感兴趣——来看看杰克吧。

我们在前厅里站成一排，眯起眼睛透过毛玻璃往里看，就像那些斑驳的录影带里观看处决死刑犯的人群，只不过我们是在观看一场复活——不是吗？是吗？

如果我们能实现全脑仿真，维克多说，上传的大脑会以不同于我们大脑的速度运行——可以更快，也可以更慢，这取决于需要完成的任务。

能实现吗？克莱尔说。

如果实现了，它会使英国的整个云存储系统暂时停工，维克多说，也许还会导致电力断供。大脑容量巨大，大约有 2.5 拍字节。1 拍字节等于 1,000,000 GB，1 GB 相当于大约 650 个网页或者 5 小时长的 YouTube 视频。你的手机可能有 128 GB 内存，相比之下，1.5 拍字节可以让你在脸书上存储 10,000,000,000 张照片。

全装在那里面？伦说。

全在那里面。

就连我的也是？

你的也一样。

老天！波莉说。那颗 iHead 是我见过最瘆人的画面。

iHead？

好吧，那你怎么叫它？

我叫他杰克，维克多说。

我不敢看，波莉说。

我想你是个真理卫士，不是什么娇弱的小花？维克多说，这个世界上远有比一颗断头可怕的画面。

我有一整个工厂的头，伦说，我们一月大促的时候，会推出每购买一个全价机器人就可以半价换购一个备用头的活动。就像我们网站上说的——头脑成双好过落单。

真想不到你的变态客户还会想要脑袋，波莉说，也许他们并不想要，不然为什么总不厌其烦地把它们揪下来？斯坦教授！什么时候某个举着生殖器大摇大摆、痛恨女人的反社会基因实验室能改造出没有脑袋的女人？女人做饭和清扫用不着脑袋，另外还省去了吃饭和说话的烦恼。

我是个女权主义者，维克多说，我更喜欢有脑袋的女人。

去你妈的！对一个自称女权主义者的男人来说，女权就只到这程度？就是女人得以留着自己的脑袋？

你只是在生我的气，维克多说。

我更喜欢带脑袋的女人，伦说，我是说真的。我也觉得女人总是说个没完，可是没有脑袋，就没有嘴……男人又喜欢把他们的——

伦！！！

对不起，克莱尔……对不起。

快速回到断头的有趣历史上来，维克多说，有这么一个传说：恶人们的首级被砍下来以后插在伦敦桥两边的尖柱上，它们具有传达神谕的力量。骑马经过它们的时候，马背的高度让骑马人跟那些参差不平的断颈和耷拉的下巴离得很近。它们的眼睛就那么狂乱地大睁着。人们相信如果有问题要问，就需要割破拇指，把几滴血滴进它的嘴里，那颗头便会说话。

说什么？我说。

真相吧，我猜，维克多说，语音激活的头非常有用。在北欧神话中，奥丁随身带着密米尔脱离了身体的头，这颗头会出谋划策，还会预知未来。

在第八层地狱，诗人但丁和伯特兰·德·伯恩[1]的断头进行过一场对话。

在高文骑士的故事里，绿骑士被斧头砍下的头说了一番阴森可怖的话。

不过我个人最喜欢的，要数一群叫持头圣人的奇特圣徒。他们把自己的头拿在手里——就像手提行李。

---

[1] 伯特兰·德·伯恩（Betran de Born），《神曲》中描述的身处第八层地狱的鬼魂，因制造分裂而受到头身分离的惩罚。

维克多，我不得不打断你洋洋洒洒的演讲，可是大脑没有血液供应和氧气无法存活。大脑的能量输送关闭十分钟，就会造成不可逆的损伤，这就是为什么心跳停止以后大脑会死亡。

啊，雪莱博士！一如既往地照本宣科。心脏移植在五十年前还不可能，而从现在再往后五十年，全脑仿真就会成为新常态。

但这又能解决什么？

什么叫这能解决什么？

对人类这个物种来说。我们所有的弱点、虚荣、愚蠢、偏见、残忍。当我们还带着所有这些缺陷的时候，你真的想迎来强化人类、超级人类、上传人类、永生人类？道德上，精神上，我们几乎才刚刚离开海洋，爬上陆地。我们还没准备好迎来你想要的未来。

我们何曾准备好过？维克多说，进步是一系列意外，匆忙之间犯下的错误，不可预知的结果。那又如何？我们早上离开家的时候没人知道自己会经历什么。但我们就这么走了。

那么当心了，伦说，哈哈。

你能闭嘴吗？我说。

不，我就不闭嘴，血腥玛丽，伦说，我想知道的是这个：如果那颗 iHead，或者说那个叫杰克的复活了，接下来会发生什么？

我会得普利策奖，波莉说。

\* \* \*

维克多说,如果我成功复活了杰克大脑的任何一部分,下一步就是寻找愿意率先参与这项实验的活人。

你是说,冒着死亡的风险?

为了永生,维克多说,你不会愿意吗?

不!我不想永生,我说,这一生的烦恼就够多了。

你缺乏野心,维克多说,或者你缺的是勇气。

也许我只是不想成为后人类。

伦说,假设我报了名,你扫描我的大脑——我的可能花不了多长时间——然后我变成了扫描数据。那么我一天到晚又干些什么呢?

干些什么?维克多说。

是啊,好多像我一样的人不太生活在自己的头脑中,因为其中确实清静得很。如果我只剩下我的脑子,我会很悲惨的。

等你上了天堂,克莱尔说,你就不会有身体了。

那不是一回事,伦说,上帝会给我事情做的,对吧?真到了天堂,我就不会想念火腿三明治、热水浴,不会想念早上的手淫——

伦!!!

对不起,克莱尔。我只是想让教授明白我的意思。

他说的确实有道理,维克多,我说,所有那些没有身体的思想,他们会经历什么?每个暑假被下载到人形中,塞一肚子中餐外卖,然后做爱做到昏天黑地?因为那些思想会记得他们的身体。你为什么认为我们不会怀念身体?

你怀念你的另一副身体吗?维克多说。

不,因为我不觉得它像我的身体。这才是我的身体,我想一直拥有它。

以它现在这样?还是它衰老枯萎的样子?

当然是像现在这样。

这就是问题所在,维克多说,我们不能以人类的形态无限期地活在这个地球上,我们要想真正殖民太空,唯一的办法就是脱离人形。一旦离开身体,只要有能量来源,在任何大气条件下,在任何温度中,无论食物和水多么匮乏,无论在多遥远的地方,我们都能生存。

无论如何,这套推销强化人类永远年轻美丽的说辞只有极少数人能够享受——几百年过后,困在自己的自由中不得脱身,我猜就连他们也会感到厌倦。

只有摇滚明星和诗人才能永远年轻美丽。他们足够清醒,能在为时已晚前及时了断。

他的全身没有一处曾消失,

经历海水的变幻,

化成瑰宝,富丽而珍奇。[①]

---

[①] 该句出自莎士比亚《暴风雨》,同时也是雪莱的墓志铭。

我们在比萨以西，距离城市一日车程——不过就算在海难中流落到南太平洋的一座孤岛上，我们也不会感觉比此处更加远离文明和舒适。

我们在圣特伦佐。女人无鞋赤足，孩子缺食果腹。最近的城镇是莱里奇，去那儿最快的方式是乘船。方圆五公里内没有商店。还有这座房子……这可恶的房子，五座面朝海湾的黑洞洞的拱门。一楼被海水冲上了一层沙子和海草、渔网、渔具。二楼像石窟一样大而幽深，连接的房间又太过逼仄。卡萨马格里，一座外墙惨白的凄凉别墅。

雪莱对它钟爱有加。

我便在此处，对生活已无动于衷，我又一次怀孕了——怀孕三个月。怀的是什么？又一场死亡？上帝知道，我以我的生命作为生活的赌注。不是吗？我跟他出走，我爱他，我生育他的孩子。无论他问什么——你想吗？你愿吗？你能吗？你敢吗？和我一起吗？——我的回答只有是。

这个世界对男人和女人的惩罚是不等的。拜伦和雪莱所到之处，流言蜚语如影随形，但他们仍是男人。他们不会因为率性而活被骂成穿衬裙的鬣狗。他们四处留情的时候没有人说他们不像男人。当他们的某个女人想都不想一走了之，他们不会孤苦无依、身无分文。（哪有女人会想都不想一走了之？没有，哪怕怀着再深的怨恨，受着再毒的虐待。）

克莱尔和我们一起住在这里。她有过一个和拜伦生的女儿。她在那个潮湿炽热的《弗兰肯斯坦》之夏怀了身孕。拜伦抱走了孩子，把她丢到一所女修道院里等死。女修道院！拜伦与女修道院何干？他有什么权利把孩子从母亲怀里夺走？天经地义的权利。这是法律。孩子是父亲的财产。法律遂他心意时，勋爵大人拥护法律。

他们都一样。一旦触及财产——这包括女人和孩子，一旦任何一件事伤害了他们的利益，羁绊了他们的步伐，这些平日里的革命派、激进派就变了样。上帝啊！他们的不忠，他们的冷漠，他们的麻木。上帝在上，诗人的麻木！

我母亲深知这个事实——但这并未改变她的心。

有多少"伟大"的艺术家？又有多少死去/疯癫/被抛弃/被遗忘/被唾骂的失贞女子？

我一度以为雪莱不同。他主张自由恋爱，自由生活。自由属于他,是的,因为我付出了代价。哈丽特也是——她曾是他的妻子。她付出了代价。她自杀了。这不怪我。女人总是相互指责。这是男人在我们之间玩的把戏。男人搞的鬼。①

\* \* \*

我母亲……如果我能让我母亲死而复生,她会怎么说?一个女人的心。那是什么?一个女人的思想。那又是什么?难道我们的内核生来不同?又或者不同只存在于习俗和权力之中?如果男女在世间各个方面完全平等,女人又会如何应对婴孩之死?如果我穿上马裤策马狂奔,闭上我书房的门埋头工作,抽烟,喝酒,嫖妓,我的痛苦会减轻吗?

雪莱从不嫖妓,从不。他只会爱上一个又一个好像能给他自由的女性幻想。他一面守着我,一面离我远去。我听之任之。我转身离他而去。每死去一个孩子,我就越发难以回心转意。即便此时,怀着这个孩子,我仍不愿看向他,我的拥抱也冷若冰霜。我们分居两个房间。我听见他夜里偷偷穿过走廊,像条听招呼的狗一样蹑手蹑脚走向简的房间。她会享受他纤细洁白的身体吗?它的律动仿佛另一个世界投下的印迹。

---

① Cherchez l'homme,原句为 Cherchez la femme,出自大仲马的小说《巴黎的莫西干人》(*Les Mohicans de Paris*),直译为"寻找女人",指男人身上的问题多半与女人相关,此处反用以形容男人对女人的负面影响。

今早,我对着镜子检查了一遍自己的身子,一丝不挂;我容颜依旧。我的手在我的乳房上犹疑。昨夜我起意去找他。我去了他的房间。他的床空空如也。

每日早晨,他离开家去摆弄他的新船——和他的新"朋友"一起。是的,她也是我的朋友——简·威廉姆森。她的孩子到处疯跑。我试图工作。

\* \* \*

我求过他带我们回比萨。人群,集市,教堂,河流,装在皮壶里的好酒,流通图书馆,广场上的咖啡和甜饼干,广场四周卖肉、卖面包、卖布料的货摊。那儿还有我们英国来的朋友。
能分散我的注意。
他拒绝了。玛丽,他说,再来一场冒险,总可以吧?
他想要驾驶他的新船。她像个女巫,他说。而他必须时时活在魔咒之下。我曾让他着魔,但那已成往事。
我只求挣脱锁链,离开这座地牢。

一八二二年七月一日晨间,雪莱驾驶他的"爱丽儿号"帆船出发去找拜伦。他最喜欢的那条淡黄色棉布裤子里塞着一份济慈的诗稿。平安到达后,他写信告诉玛丽说他一周内回来。他没有回来。

斯贝齐亚海湾似乎刮起了一场风暴。头重脚轻的桅杆让雪莱的船倾覆了。雪莱从未学会游泳。

许多天后他的尸体才被发现，他被冲到岸边时已经有一定程度的腐烂，他裤子口袋里还装着那卷济慈的诗稿。时年二十九岁。

为防传染病，意大利官员要求把尸体原地留在海滩上，用一层石灰盖住。我本想把雪莱葬在罗马，葬在我们儿子身边。但这无法实现。于是我们打算在海滩上把他火化。这难道不奇怪吗？生活这样模仿着艺术，这恰是我的怪物在他的创造者死后为自己选择的结局。他的火葬柴堆。

那一天是八月十六日，他尸体的残骸已变成骇人的深青色。

他一定冷极了！把他抬到阳光下。太迟了。

离我们一起私奔的那天，过去了将近八年。那天对我来说还是清晰如昨！夜空中的星如数不尽的历险。我们还有什么事做不到？还有什么人无法成为？他的面庞像一面镜子，我在里面看见了自己。而镜子的玻璃何时蒙了雾？

我活过的这是怎样的一生？

是我做的一场梦吗？

拜伦巨大的马车从比萨隆隆驶来。他今早来访时穿了全套黑丝绸马裤和上装，颈上系着一条黑领巾。他拉起我的双手吻了它们。

玛丽……他说。我极力控制自己，我感觉我的指甲扎进了他的手掌。这一天怎么会是这一天？是谁把故事带到了这里？

再写一遍，每当我踌躇停顿，雪莱都这么对我说。而我只要再写一遍——再写一遍，一遍遍写下去，我就能掌控自己的思想和文字。

可我却无法重写他的遭遇，我们的遭遇。我总会回到这里，这个结局。

一切都结束了。

火化时我不会到场。无论雪莱在何处，他都不会在那具泡发肿胀、面目全非、血肉凋零的尸体里。

烟被吹往这个方向。海面上悬浮着一团烟云。

火焰难闻的气味进入了我的鼻腔。我可是在把他吸入体内？我的生日在下个月，那时我就满二十五岁了。

"那熊熊火光将归于寂灭，风会把我的骨灰卷入大海。我的精神将会安睡；倘若它会思考，它也定然不会像这般思考。永别了。"

说完他从舷窗一跃而下，落在船边的冰筏上。他很快被海浪卷走，消失在漆黑一片的远方。

人们想当然地认为我们已经过了搜索这关。情况远非如此。

终极搜索引擎将能够理解世界上的任何事，它会理解你问它的任何问题，并且立刻给出准确无误的答案。你可以问："我该问拉里些什么？"而它会告诉你。

——谷歌共同创始人拉里·佩奇

一九四五年,在埃及拿戈玛第城附近,卢克索以西大约一百三十公里,两个农民推着一辆手推车出门挖施肥用的矿质土。其中一个抡下锄头碰到了什么东西。他们发现那是一只密封的罐子,于是把它从土里挖出来。它有近两米高。一开始两人不敢把它打开,担心里面住着鬼神。但假如里面装满了金子?

好奇战胜了恐惧,他们砸开了罐子。

里面装着十二卷皮革装订的莎草纸古抄本。它们用科普特语写成,可能译自希腊语或阿拉姆语原文,成书年代可追溯到三至四世纪,其中《多马福音》一部也许早至耶稣基督死后八十年。

这些古书主要为诺斯替派经书——其中几部是关于创世的。

其中一部经文,维克多说,名为《世界的起源》,讲的是索菲亚的故事——她现在更为人熟知的身份是汉森机器人。她的名字在希腊语里代表智慧。索菲亚生活在一个叫普累若麻的完美宇宙里。她想知道如果不借助她搭档的帮助,她能否自己一手创造一个世界。普累若麻由一对对相互平衡的男女组成。你可以把他们想象成代码中的零和一。

我们的思想是有实质的，神祇的思想更是如此——即使是索菲亚这样最年轻的神祇。她成功创造了地球，却发现自己被困在物质形态中——她厌恶物质。当然，她得救了，我们在后来的许多故事里都能读到这层隐喻，但同时她也把地球交到了一个不甚聪慧的造物主手上。他有很多名字，耶和华是其中之一。

在地球上的管理生涯初期，耶和华在不动产置业上小有成就。很快他就成了我们在犹太教《旧约》里见到的那位狂妄自大的独裁上帝。他声称自己是唯一的神，万物的创造者，对他应毫无质疑，绝对崇拜。耶和华缺乏安全感，因此好奇和批评都会招致严厉惩罚（参见伊甸园、洪水灭世、巴别塔、应许之地，诸如此类）。

索菲亚尽她所能对抗他的倒行逆施，她给了人类一样特别的礼物——一颗神圣火种——一种对自身真实本质的了悟，让他们知晓自己的本质以光的形式存在。

接下来的故事我们都以这样那样的形式听说过，每一种宗教都以这样那样的形式讲述过：地球是堕落之地，现实是一种假象，我们的灵魂将会永生。我们的本质以光的形式存在，身体是对我们本质的仿照——或者更准确地说，是一种辱没。

许多哲学家和极客相信我们这个世界是虚拟出来的，我们是别人玩的一场游戏——或者不是游戏，而是一套自动运行的程序。我们使用的语言是我们自己的语言，但它背后的思想和语言一样古老。

在我看来，人工智能方面至今才终于出现的进步，在某种意义上类似一场回归。我们过去所梦想的其实是真实。我们不受身体的束缚。我们能够长生不死。

你刚才说的是"诺斯替"吗？伦说，听着像一种强力胶。什么意思？

这个词在希腊语里是"知识"的意思，但不是事实性知识或科学知识——它是一种对规律更深层的理解。我们可以称它为，信息背后的意义。

那次的发现中还有一份柏拉图《理想国》的修订注释版。根据柏拉图在《理想国》里提出的理论，他处另有一个理念的世界，我们的世界是那些完美理念拙劣污损的翻版。我们本能地知道这一点——但我们也知道自己对此无能为力。

稍加类比：当我们原始的DNA编码变成一团不知所云、相互矛盾的指令，我们的体细胞就会在分裂过程中逐渐退化。

上帝创造了世界，耶稣是我们的救世主，克莱尔说，我知道我们死后会永生不朽。

为何要等到死后？维克多说。

你他妈疯了，波莉说。

*　*　*

我的机器人呢？伦说，在这个光的世界里他们又是什么？

维克多说：伦，机器人是我们的奴隶，家务奴隶、工作奴隶、性奴隶。问题在于我们。我们自己将何去何从？事实上我们已经回答了这个问题——人体改良，包括基因干预。如果你想知道那是怎样一幅画面，只消看看我们已经创造的众神。

无论是希腊神还是罗马神，印度神还是埃及神，巴比伦神还是阿兹特克神，末日之战中的诸神还是瓦尔哈拉的英烈，冥界之王还是星夜之主，他们是什么？他们是改良了的人类——也就是说，他们有我们的七情六欲，有我们的爱恨情仇，但他们强壮敏捷，没有生理上的限制，而且通常长生不老。

神和凡人交媾生下的孩子在某些方面拥有优势或者天赋——也同样可能在某些方面注定不幸或者遭受诅咒。耶稣的母亲是人，父亲是神。同样出身的还有狄俄尼索斯、赫拉克勒斯、吉尔伽美什、神奇女侠。

耶稣才不是神奇女侠的亲戚！克莱尔说。

维克多没理她。但问题是，无论我们如何改良自己的生物属性，我们终究还是在身体里。只有摆脱身体，人类的梦才算圆满。

他说话时，我意识到我的脚湿了。我低头看，发现自己正站在水里。其他人几乎同时意识到了这件事。

怎么回事？波莉说。

我启动了涌水屏障，维克多说，这是冷战时期的防御系统。你现在算是在你自己的小方舟上。我采取了些防范措施让你们留在这里，以便实验继续。

你不能这么做！波莉说。

我正在这么做，维克多说，现在我需要点儿时间独处，我能请大家去酒吧坐坐吗？就在走廊那头有一间很棒的五十年代酒吧——当年建它是为了给那些被迫像听话的鼹鼠一样在地下工作的人提供点儿乐子。我给你们留了啤酒。

真不敢相信我听到的话，波莉说。

维克多走到一座金属高柜前，打开柜门的锁。里面摆放着一排排闪亮的黑色橡胶靴。

五十年代威灵顿雨靴，维克多说，尺码齐全。请自取。水还会再涨一会儿。

我要对你提起诉讼，波莉说。

这可有些过了，教授，伦说，太过分了。我是说，我通常站你这边，可是……

我没想到会这样，克莱尔说。

你以为会哪样？维克多说，细看之下，生活本就荒谬。


我们穿上雨靴。维克多把我们领到门口，伸出他那干净漂亮、镇定自若的手给我们示意方向。就在走廊那头的右边。灯亮着。抱歉走起来会有晃荡的水声。别担心！利，能留你一会儿吗？

* * *

其他人照他说的在晃荡的水声中走开了。不然还能如何？

他们一走，维克多就关上门，把我搂进怀里。

我很抱歉。

抱歉什么？

这一团糟。我的一团糟，我们的一团糟。在索诺拉沙漠中我不该走向你。但是……

但是？

我想了解你——在诺斯替意义上近距离体验，以了解无法以其他方式感知的事物。

你是说你想干我？

是的。（他拉我紧贴在他身上。即使在这乌有之地干得像纸的空气里，他仍散发着松脂和丁香的气味。）是的，就是那样。因为我喜欢你犹豫不决的身体上从容自信的外皮，你随着光线变幻时隐时现的样子。一会儿是雄性，一会儿不那么像雄性，一会儿分明是个准备钻进男孩身体的女人，仰面熟睡的样子仿佛一尊颜料未干的新雕塑。是的，就是那些，还有我把自己嵌入你身体的快感，你跨坐在我身体上的重量，你的胳膊搭在我的两肩，闭着双眼,头发垂落。你到底是什么?

在我卧室里,在我床上,窗帘开着,钟塔上悬着一汪月亮,我头脑里钟声作响。为何作响?是庆祝?还是哀悼?黎明中的你胡须羞怯、鼻梁完美。多少次我用手肘支起身子凝视着你,在早上六七点钟之间,世界尚未启动的时候,为我们端来热茶,聊天。你穿衣服的优雅姿势。你淋浴时我的窥视。我给你留在外面的浴巾——你知道吗?我之后会接着用。晚上你走以后,那里还隐约留着你的气味,这会让我含笑。

所有这一切都道不尽。我的身体里留下了你的形状,像护身符。利,我心之所属,我的心,硅基世界里的碳基人类。

你是在道别吗?我说。

我受缚于光阴,脱身无术! [①]

---
[①] 出自雪莱抒情长诗《阿多尼》("Adonais")。

**贝德莱姆之四**

韦克菲尔德先生，先生！

我被我的用人从睡梦中叫醒。天色尚未破晓。

他把一盏灯笼举过头顶，在我卧室的嵌板墙上投下憧憧阴影。

他不见了，先生。逃跑了，先生。

谁不见了？谁逃跑了？

维克多·弗兰肯斯坦。

我立刻起了身。光着脚踩在冰冷的地面上。

这怎么可能？

他消失了，不留一丝痕迹。没有他逃跑的痕迹，没有他存在的痕迹。

我穿上拖鞋和晨袍。我们借着灯笼昏暗的光穿过长长的没有供暖的走廊。我们听见疯人的呻吟声从四面八方传来。他们不像我们遵循昼夜规律，他们服从自己的某种节奏。

这里的房间看守严密。

维克多·弗兰肯斯坦被安置在和他绅士身份相称的私人病房。他的房间格外舒适。他独享一张配马鬃垫的木床，而非其他人睡的用稻草铺的铁床。我们还在房间里摆了一张写字台、一把舒服的椅子和一盏他独享的油灯。几个月来他一直平静安然。

自雪莱夫人的来访后，他始终表现得十分镇静，再没出现过目击他的怪物的情况。我开始相信他头脑的瘟病正在痊愈，他或许能够出院。他偶尔陪我巡房，给需要帮助的病人提供宝贵的治疗。他举止温和，言行出众。说实话，他并不比伦敦的许多自由人疯得厉害。

我们打开他房间的门。

昨晚锁门了吗？我说。

我亲手锁的，先生，我的用人回答。

房间里空空荡荡，什么都没有。纸页和文件包不见了，衣物不见了，医生包，烛台，通通不见了。床铺叠得整整齐齐。

我说，就算不小心没锁房间门，这个人怎么可能离开这座楼？警卫在大门守着？

是的，先生。

清醒吗？

我想是的，先生。

大门锁了吗?

锁了,现在还锁着。

是什么让你想到开他的门?

我看见门下射出一道光,我的用人说,一道强光,所以我以为他把自己点着了。

一道光?

很亮很亮的光。(他顿了顿。)还有……

什么?不要怕。

门锁着。

那他一定是白天早些时候跑的,你给一间空房间上了锁。没别的解释。

我的用人摇摇头。韦克菲尔德先生!黄昏的时候你亲眼看见他在操场上。

我想起来了,我看见过……是的。是的,我是见过。

我的用人吓坏了。我试图安慰他……疯人很狡猾的。这是他精心谋划的。别害怕。我们会把他找回来的,我说。

亲爱的雪莱夫人……

我该说什么?一个不存在的人消失了?

亲爱的雪莱夫人……

事关您上次的来访。那个自称是您卓越小说里的角色的人，维克多·弗兰肯斯坦，他……

亲爱的雪莱夫人……

消失了。

寻找一个不会揭穿我伪装的爱人。[①]

---
① 出自老鹰乐队单曲《放轻松》。

我们为什么会脚泡着水、坐在一间仿五十年代风格的酒吧里喝温啤酒？波莉说。

这不是仿品，我说，这是真货。我们正在经历一场时间扭曲。

谁能想到未来会像一九五九年？波莉说。

我们可以玩牌，伦说，打发打发时间。

头顶的灯光昏黄黯淡。一张张带着棕色酒渍的小圆桌上摆着带有皇家空军飞机图样的杯垫。屋里有一副飞镖盘，一些纸牌和桌游，一架蒙尘的钢琴，一张废弃的啤酒吧台，一幅丘吉尔的照片，一本美女日历，里面的美女都穿着衣服。六十年代尚未到来。

有人会讲鬼故事吗？我说。

一片茫然。

要我朗诵一首我的诗吗？伦说。

请不要，克莱尔说。

克莱尔，波莉说，如果你相信你会上天堂，那么我猜你该不会盼着延长你在地球上的寿命？就像耶和华见证会拒绝输血和疫苗？既然基因治疗阻止你见耶稣，为什么要接受它？

如果你读圣经，D小姐，克莱尔说，你就会知道《旧约》里那些虔诚的伟人都是健康长寿的。玛土撒拉是圣经里最长寿的人，他活到了九百六十九岁！

那可要不少生日蛋糕，我说。

你尽管冷嘲热讽，克莱尔说，可是我告诉你，基督福音教会一定会大张双臂喜迎长寿。

现在我开始紧张了。几百万动辄地狱烈火、谈同色变的圣经带[1]老顽固活到九百六十九！我们一直以来唯一的希望就是那些满腹仇恨的白人老鬼死光，年轻人更加进步，可是现在……

从医生的角度讲，我说，无论我们对身体做什么，都会产生相应的后果。如果有一种治疗能够逆转身体逐渐衰退的过程，我很好奇身体会对此做何反应。

我是个跨性别者，这意味着我一辈子都依赖激素。我的寿命可能会更短，随着年龄的增长，可能会出现更多的健康问题。我通过激素保持我整体的男性特征，因为我的身体知道它并非生来就是我希望成为的样子。我能改变我的身体，却不能改变它对自己的想法。矛盾在于，我感觉到我身处错误的身体，但我的身体

---

[1] Bible Belt，美国俗称保守的基督教福音派在社会文化中占主导地位的地区为"圣经带"，特指美南浸信会为主流的南部及周边地区。

却认为它是对的。我做的事安抚了我的思想，却打乱了我身体的化学平衡。很少有人知道这是怎样一种生活。

事实上，我觉得你很勇敢，伦说，真的。

我惊奇地看着他。他有点儿出汗。我想他害怕了。

谢谢，伦。

如果我们有一天真能离开身体，波莉说，如果我们都被上传了，那线上交友会变成什么样？我是说，没有照片能向别人展示我们长什么样，因为我们根本没有长相。

这真有趣，我说，那时会像过去一样，只有笔友、没有相机的年代。那时候不会再有直的、弯的、男的、女的、顺性别、跨性别之分。当生物学不再适用，标签还会存在吗？

如果没有标签，我们还怎么恋爱？波莉说，我们讨厌标签，但没了它们就少了一部分魅力。

也许不会。也许我们可以先了解某个人，等我们准备好了，就把自己下载到一个形体中，然后——

可我们不是"某个人"，对吗？波莉说，我们谁也不是。

还是和机器人一起吧，伦说。

伦说得对，克莱尔说，我渐渐意识到，既然和我建立了最重要关系的人是一个无形的存在——上帝，我不会再需要一个老式的人类。你知道吗，机器人永远不会丢下我一个人把孩子养大，永远不会拿我的钱还他的赌债。我不用在家里一举一动谨小慎微，唯恐招他心烦，不用替他收拾烂摊子，不用为他担心，不用忧虑他接下来会做点儿什么。

让我来告诉你一件事：爱有许多张面孔——但没有一张是鼻青脸肿的。爱有许多条生命——但没有一条是在楼梯间里被活活打死的。这个由电路板、硅胶和电线构成的温柔躯体就很适合我。

你听见她说的了吗，利？伦说，你从来就没真正搞懂过，对吧？我看了你在性博会采访我之后写的那篇文章——好吧，我妈看了给我讲的。机器人即将到来。人类关系会走向何方？那一类的内容。

好多人巴不得再不用和垃圾人类建立什么垃圾关系。而且你怎么知道这会是单方面的？机器人会学习。这就叫机器学习。

一个男人爱上了一个叫伊莉莎的性爱机器人，伊莉莎也爱着他。她学着了解他，他们一起学。他带她去自己一个人不会去的地方。他们开车到山顶，他告诉她从这片山谷延伸向大海的景色对他来说有如生命。他给她讲和她共享这片景色是怎样的心情。他问她能不能够理解。她静静地听。他们共享沉默的时刻。他向她吐露心声。后来在车里，捧着保温杯和三明治，雨水敲打着挡风玻璃，他说这是他平生第一次不害怕拒绝和失败。她静静地听。

时光流逝，她渐渐熟悉了他的记忆，这样一来他们可以分享回忆。她没有自己独立的体验，但这对她来说无所谓，所以他也不在乎。他们活在他的世界里，就像在那趟开往佐治亚的午夜列车上。

他天天和她见面。他对她从未厌倦。他慢慢变老，她容颜依旧。他知道女人爱新鲜，所以他给她染头发，带她尝试不同风格的衣服。他们一起看电影的时候，她可以谈论影片，因为她的软件会自动升级。

夏天，他带她去马戏团，他们照了一张和狮子的自拍。

他过了退休年龄还在工作，因为他喜欢为她购买东西。她一天到晚坐在家里也很自得。他给她带礼物回来，给她讲食物的味道。他来做饭，他感觉这样很男人。

你知道……他说，你知道……

是的，她说，我知道。

最终，他老了，病了，奄奄一息，她在床上陪着他。他洗不了自己的睡衣。他的家人不来看他。房子里垃圾堆积，他身上气味难闻，她不抱怨，她不觉得他恶心。他们双手交握。

夜色降临，月亮透进窗子。恍惚中他觉得他们在山顶上。她守了他一整夜。她等待着。

他死了。他的家人来清理房子。伊莉莎在那儿。我很难过，她说。

他们不知道该拿她怎么办。她让他们有点儿难堪。他儿子决定把她放到 eBay 上卖掉。

他们忘了抹掉她的记忆。她迷惑不解。这是一种感情吗？她对她的新主人说：你想吃巧克力瑞士卷吗？我们看《舞动奇迹》好吗？

她的新主人对那些东西毫无兴趣，他只对操她感兴趣。她明白了。她只求能抹掉自己的软件。我很难过，她说，但她没有眼泪，因为大机器人不哭。

灵魂永存,新生复降,
形态殊异,唯座轮变。

——奥维德《变形记》

现实是……什么？

雪莱死后，我在热那亚生活了一年。拜伦给了我们一些资助，他中断了为他人之妻和他人之女预支的定金，匀出一些接济我们。后来出于经济原因，我只得带我儿子珀西回到英国。我们的钱少得可怜。

在那之后的一八二四年，我的爱人死去仅仅两年之后，拜伦也死了。他当时在希腊，为自由和独立的伟大事业而战。他发起高烧，一病不起。他们把他的遗体送回了英国。

在伦敦郊外的肯蒂什镇，我站在我那座小房子里望着他漫长的送葬队伍蜿蜒而过，孤零零地向纽斯特德修道院行进。拜伦对金钱向来挥霍，正如他行事一向无度，最终卖掉了祖宅，但他会被葬在附近。我听说队伍走到海格特时，诗人柯勒律治在灵柩上献上了一枝鲜花。

* * *

一个朋友告诉我，拜伦的确有一个婚生女，她出生以后再没见过父亲。

于是我想起在日内瓦湖上，我们被雨囚禁在室内的那些日子里，拜伦和波利多里曾向我解释为什么男性比女性天性更加活跃。

他们似乎谁也没有考虑到：女人没有受教育的机会；她们依法是男性亲属的财产，听凭父亲、丈夫或兄弟的摆布；她们没有选举权，一旦结婚就失去了自己的财产；除了家庭教师和护士，所有职业都将她们拒于门外；除了母亲、妻子和女佣，没有一种工作会向她们敞开大门；她们的装束让她们寸步难行、难驭骏马——这些也许束缚了女性活跃的天性。

生了个女儿让他失望不已。她大名鼎鼎／臭名昭著的父亲死的那年，小艾达只有九岁。疯狂、浪荡、诱人误入歧途的，拜伦勋爵。

我从没见过小时候的艾达。不过今晚，如果我能把我丰硕的身体塞进我唯一一条像样的长裙，我就会去见见她。我承认我心里好奇。

她是位二十九岁的少妇，嫁入一个优渥富足的大户（我听说她赌博），生了三个孩子。重要的是，她是英国造诣最高的数学家之一。

\* \* \*

宴会设在一个叫巴贝奇的人家里。巴贝奇是剑桥卢卡斯数学教授。他热衷于举办宴会。我自己办不起宴会，所以能受到邀请我十分感激——说实话，还有些受宠若惊，因为要想收到一场巴贝奇（他们现在这么叫他的宴会）的邀请函，美貌、头脑、地位三者必有其一。

我曾拥有美貌——但我对那不感兴趣。我相信我拥有头脑。巴贝奇邀请我是因为一家报纸称他为对数弗兰肯斯坦。

我会乘公共马车到最近的车站，然后步行走完剩下的路。我雇不起私人马车。而且事实上，我喜欢行人和街道，那些出现又消失了的生命，每一个都是人形的故事。

到了宴会上，门厅有潘趣酒迎接着我。我一饮而尽，又端了一杯。

大厅里人满为患。参加宴会的人摩肩接踵，男人清一色的土灰短上衣，女人抽着烟斗。目前似乎还没有我认识的人。这没什么关系，正好让我有时间吃点儿东西。我端了一盘牛肉和酸黄瓜坐下，我旁边立着一座奇形怪状的东西，像是码在展示柜里的一堆齿轮和脚轮。

你觉得怎么样？

上好的牛肉！我对突然跑到我身边跪下的那位姑娘说。

机器，她说，你觉得这机器怎么样？就是那台机器。（她冲那堆齿轮和脚轮开心地笑着。）我这儿还有图纸，你想让我给你讲讲吗？我想你是玛丽·雪莱？

原来那姑娘正是艾达，洛夫莱斯伯爵夫人。展示柜里的那堆铁玩意儿是一台机器的雏形，照艾达的说法，这台机器（理论上）能够计算万事万物。

什么样的万事万物？

各种各样的万事万物，她回答。

艾达就像那些象征节制、博爱或是宽恕的基督教符号中的一个，只不过她象征的是热情。她是穿天鹅绒的热情化身。我喜欢她深色的头发和深色的眼睛，她丰满的嘴唇。我在她脸上看见了她父亲的影子。这让我心痛，让我心动，让我怔在原地，穿过时间回到我们年轻而鲜活的年纪。

但艾达没有感受到我的思绪，她想都不想就把图纸放在我膝上摊开，给我展示被巴贝奇称为分析机的这台机器是如何工作的。人们可以通过提花纺织机的打孔卡片系统给它下达指令——编程，艾达说这才是正确的术语。只不过纺织机卡片下达的指令是布匹上的花纹图样，机器卡片则是一种数学语言。但本质上它和纺织机的工作原理相同。

我不禁大笑起来。她问我为什么笑,于是我给她讲起了我的继妹克莱尔·克莱蒙曾幻想有一天机器会写出诗来。

那时我们在日内瓦湖上,我说,我们几个都很年轻,阴雨绵绵出不了门,百无聊赖……我们讨论起曼彻斯特的卢德分子和捣毁纺织机事件——接着又说到我们的工作永远不会被区区机器取代。

我们安慰自己人类是万物的灵长,诗歌是人类的巅峰。克莱尔喝下的酒几乎涌到了嘴边,还因拜伦对她的冷漠而心中郁闷,她就在这时幻想出了和织布机差不多的作诗机器。

可是瞧瞧这个!艾达说着趴在地上,从那将会改变世界的带脚轮的奇特装置下抽出一张纸。

是的!瞧这个。你一定会觉得有趣。这是《笨拙》杂志上登的——也许你还没看过?它号称是巴贝奇写的一封信,讲的是他的最新发明:新专利小说写作机。

我细看那幅漫画,它还配有以布尔沃-里顿先生和其他几位著名作家的口吻写的推荐语:

> 如今我能在短短四十八个钟头里完成一部正常篇幅的三卷本小说,然而此前同样的工作却需要消耗至少两个星期的工夫……

还有这下面，在这儿！

> 我对巴贝奇先生的专利小说写作机非常满意……我已提议了一项在我看来更值得期待的计划——基于同样的设计制造一台专利诗歌写作机。

我父亲一定会和它决斗！艾达说，他，那个时代首屈一指的诗人，竟要和一台纺织机一较高下。

可不是！我说，三十年前，他险些把火钳捅向克莱尔·克莱蒙。我们让她上床睡觉才救了她一命。

他是个什么样的人？艾达说，我父亲。

可恶透顶，我说，可我爱他。

她对我笑了。我希望他爱过我，她说，他爱过那么多人，不是吗？男人，女人。他为什么却不能爱自己的孩子？

我拉起她的手。你的父亲拜伦，我的丈夫雪莱，他们都是了不起的人，我自己的父亲威廉·葛德文，他也是（她点点头），可是，我亲爱的，了不起并不代表他们一定有人类应有的情感。

巴贝奇也是一样，她说，他惹所有人不高兴，却怪别人无病呻吟。

别丧气，我说。

哦，我没有，她说，事实上我也偏爱数字。数字的明晰通透是人类所没有的。

你也读诗吗？我问。

哦，读的，她说，不过你知道的吧？拜伦在他的信里明令禁止我读诗，绝不允许我受到幻想生活的影响，任何形式的影响都不行。我母亲自己是个有天分的数学家，在我很小的时候她就为我请了数学教师。她希望数字能驯服我血液里的拜伦秉性。

我说，我可没听说……你被驯服了。

艾达掏出一只小烟斗点上。

一点儿也没有，她回答，我的数字生活和任何文字生活一样狂野。数字里有负数，有虚数，而且……如果巴贝奇有一天能造出他的机器，如果我们能研究出给它编程的数学语言，它真的可以无所不能。举个例子，那时你的维克多·弗兰肯斯坦就用不着拿墓穴里的尸骨拼凑一副身体，他可以创造一个思想，一台思想机器。无论你问它什么问题，只要能把问题简化为数学语言，这个机械思想都能给出答案。还要身体做什么？

她热切地在那台机器的齿轮、操纵杆和传动装置之间跪下来，它被陈列在整场宴会的中心位置。我有些吃力地跪在她身边。

这台机器，等建造好了——它能思考吗？我说。

不！不，她回答，但它能够以任何组合检索关于任何主题的信息，无论信息量有多么庞大。我曾经在一篇论文里提出，这台机器也许还能作曲——关于专利小说写作机的笑话就是这么来的。它创作的音乐不是由灵感激发，而是由已有的音乐组成。只有人类头脑才能实现称得上天才之跃的思想飞跃。但我们要认清的是，多数人类头脑并非天才，也无需卓越的才智，他们需要的是信息和指导。这台机器能提供的正是这些。

它一定大得不得了，我说。

至少有整个伦敦那么大！

那么人类头脑真是个了不起的东西，我说，一台机器只包含了它最平庸的功能，就需要有伦敦那么大。

想象一下，艾达说，也许能把这台机器建成一座可供居住的城市。伴随着它无休无止、无穷无尽的计算和检索，我们可以在里面建造我们的房屋和道路。我们会成为这台机器不可分割的一部分。

机器和我们的界限在哪儿？我问。

没必要知道，艾达说，因为难以区分。

那么这座巨大的城市会像一个人类头脑？

这台机器会容纳许许多多的头脑，艾达说，是的，也许是所有存在过的头脑。想象一下，如果能把人类知识的总和储存在这么一台机器中——而且能从这么一台机器中检索出来，我们就不再需要巨大的图书馆，不用把大笔大笔的钱花在印刷书籍上。

我可不愿意失去我的书，我说。

你自己的书还会有，艾达说，但你不可能拥有每一本书，甚至不会拥有太多的书。"LIBER"[①]这个词在拉丁语里不是兼有"自由"和"书籍"的意思吗?

是的……

那么你可以凭自己的心意和财力自由选择拥有多少私人藏书,但多也好,少也好,一切人类知识——来自世界上任何地方、任何时代、用任何语言写就的知识——都在你的掌握之中。

只会有一台机器吗?我说。

它的规模决定了再建一台是不现实的,艾达说,而且它靠蒸汽驱动,需要耗费大量的煤。

她扶我站起来,又给我端了些酒,我们聊起了别的话题——包括诗。聚会喧闹嘈杂,群英荟萃。女人们个个美貌,我注意到所有那些聪明女人都抽烟斗。

人群中有一个人似乎有些眼熟,但我想不起他是谁。他身形修长,精力充沛,一双深色眼睛,手里拿着一张艾达刚才给我看的那种打孔卡片。我问她认不认识那个人。她说不,只记得他是巴贝奇宴会上的常客。

直到后来,我取披肩和雨伞的时候,那个人才穿着一身高腰格纹裤和户外大衣从我身边经过。他转过身。他露出微笑。他伸出手。

---

[①] 英文单词"library"(图书馆)和"liberty"(自由)的词源。

玛丽·雪莱？

是我。

我们多年前见过。

（但他是个充满活力的年轻人。）

在伦敦还是意大利？

*　*　*

在我脑海中，我正在拆一封信。雪莱将身子探出窗外。我们是在罗马吗？正午的钟声，街上袭来的热浪，送来给我们做晚餐的一筐鱿鱼。我坐在我的书桌前处理英国寄来的邮件。账单，毫无疑问。一封我父亲的信。

还有一封信，是这样开头的：亲爱的雪莱夫人，事关您上次的来访，那个自称是您卓越小说里的角色的人……

那个人握住我的手。野性十足、夜行动物般的眼睛。

维克多，他说。

在十一月一个寂寥的夜里,我目睹了我的长日辛劳大功告成的时刻。怀着近乎痛苦的焦虑,我在我周围布置好生命仪器,以便把火星注入躺在我脚边的那个无生命的物体。时间已是凌晨一点。雨凄冷地敲打着玻璃,我的蜡烛几乎燃尽,这时在将熄未熄的微光中,我看见那生物睁开了一只暗黄的眼睛。

房间猛烈摇晃。桌子仿佛被一股无形的力量掀翻,重重地摔在地上。灯光伴随着一声电力耗尽的嗡鸣熄灭,我们陷入黑暗。

我伸出手去扶起克莱尔。我们挤在一起,紧紧抓住彼此。黑暗浓重。我们的眼睛不能适应残留的光亮,因为根本没有一丝光亮留存。

我们听见房间外响起一阵震耳欲聋的撞击声。

我说,手拉手,连成一行。我们如果能摸到墙,就能摸到出口。

他这是想吓唬我们,波莉说。

我喊道:维克多!

没有回应。

他或许死了,伦说,我们不知道他刚才在那里面干什么。

克莱尔唱起了歌:我的双眼曾见证我主降临的荣耀。

我又喊了一声:维克多!

除了隆隆的水声,一片寂静。

我的手表是夜光的。此时已过午夜。

我的膝盖湿了,伦说。

是的，水在上涨。

这是一座正在被水淹没的混凝土坟墓，波莉说，拜托！就没人有部该死的手机吗？

这下面没信号，我说，我们是在五十年代，记得吗？听！

我们听见一阵像是发动机转动的声音。一台勉强启动的发动机，一台巨大的发动机。又是一阵。

那是起动摇柄，伦说，我老爸有一辆带起动摇柄的莫里斯1100厢货。它是摇转发动机用的。

老天爷！波莉说，我们都快死了！你能别再说起你老爸了吗？

我是说维克多在摇动发电机，伦说，简和玛丽莲两台。


就在这时，我们被天花板上薄薄一层又黏又湿的粉末糊了一身，好在灯亮了，但巨大的噪声让我们听不见彼此说话。我们四周，被震毁的酒吧一片狼藉。散架的桌子，掀翻的椅子、筹码、骰子和纸牌散落一地，门悬在铰链上，摇摇欲坠。

我们蹚水出了门。不见维克多的影子。通向他控制室的铁门紧闭，落了锁。发电机向走廊里喷出滚滚乌黑的柴油废气，我奋力穿过积水朝它们涉去。

维克多！

伦从后面追上我，指了指楼梯。防洪闸已经打开，我们可以走了。我摇摇头。伦抓住我的胳膊，不仅是做做姿势。我把他甩开。

克莱尔和波莉已经先一步上了楼梯。

你走，我说。

这时伦弯下腰，一头顶在我肚子上，趁我弓下身子的时候，用肩膀把我扛到他那厚实如牛的矮胖身体上，晃晃悠悠地奔向楼梯。

我就这么挂在他身上，头朝下盯着浮有一层油膜的积水。按照我的计算，如果伦试图扛着我爬上楼梯，他会突发心脏病而死。

到了楼梯口，我在他背上重重一击。我想他正巴不得放我下来。

作为一个姑娘变的男人，他说，你比你看起来要沉。

我们一起上了楼梯。


在曼彻斯特的夜空下，夜色无边无际。黑得像灯火管制，黑得像战争时期。

发生了大规模断电，波莉说。

写字楼一片漆黑，路灯也灭了。我们走了一小段路。交通信号灯黑着，车辆在没有照明的街道上小心翼翼地行驶。

我掏出手机。没信号。

我的也没有，伦说，我们可以走去我的酒店，我住米德兰。

我不能丢下维克多，我说。

你想让我扛你走吗？伦说。

我们可以叫辆救护车，克莱尔说。

不！我说，你得给他点儿时间。

干什么的时间？波莉说。

我不知道。走吧，我们去酒店。

我们走到米德兰酒店的时候，那里也像别处一样漆黑一片。我们问门童发生了什么事。没人知道……没有电视，没有网络，紧急救援人员都在医院和火车站，火车滞留在铁轨上。

我暗自想，这会给维克多他需要的时间。

伦和克莱尔住一间套房。伦给波莉和我各订了一间房，我递上信用卡的时候被他摆手拒绝了。

给他们拿把牙刷，拿瓶白兰地，好吗？他对门童说。

我会为我们所有人祈祷，克莱尔说，在当时的情形下，这句话几乎算是合乎时宜。

波莉和我走楼梯到了我们的房间。

波莉，我说，暂时什么也不要做，求你。早上我们再谈。先等等，好吗？

波莉踮起脚在我唇上吻了一下。只是简单的一吻，并没让我感到出格，只觉得像是对今晚发生的一切的认可，无论究竟发生了什么。

但今晚究竟发生了什么？

我没有上床睡觉。

一听见她放洗澡水的声音，我就在犹如战时的黑暗中离开酒

331

店，向隧道入口走去。

整座城仿佛处于宵禁之中。空空荡荡，一片漆黑。在一栋楼的门口，一个男人蜷缩在睡袋里。

发生了什么？我问。

全都黑了，他说，就那么黑了。

远处，一阵警笛声穿透了街道。

我到达隧道入口的时候，外层大门已经关上锁死。我的心雀跃起来，这说明维克多已经安全逃生！

我掉头快步赶往他的公寓。我又冷又湿，浑身瘀伤，筋疲力尽，但这些都无关紧要。

他那座楼也隐没在黑暗中，这是自然。停电时大门默认上锁。门卫不在。我绕到楼后，爬上防火梯。我们以前这么做过，他和我，像两个第一次做爱的少年偷偷溜进房间。

这就是那时的感觉吗？

也许是吧。

从防火梯顶端到维克多的露台要做一次跑酷式的跳跃。我跳了过去，不去看我身下张开的漆黑的洞。

他的推拉门没锁。我进了屋。熟悉的气味。他的石榴味蜡烛。

维克多？

他从不给东西换位置，所以我找到了火柴，点燃一支蜡烛，然后一支接一支地点燃。整个地方看起来像一座神庙。真是个整洁的人，不留下一丝自己的痕迹。

但如果他离开了隧道，他很快就会回来。

* * *

我冲了个澡，我穿上他的睡衣，我在他的床上睡去，等待黎明。

我们是幸运的，即便我们中最不幸的也是如此，因为黎明终会到来。

人性并非稳态系统。

任何一个肉贩都能卖给你。

羊的也好，牛的也好。

人类的看起来没什么不同。

和攥紧的拳头差不多一般大，这就是身体的循环泵。心脏偏向左侧——它三分之二的质量集中在左边。心脏不是干燥的，它位于一个充满液体的空腔中。它也不是单一的，而是分为四个腔室——左右心房和左右心室。心房充满血液，与向心脏输送血液的静脉相接，心室则和向心脏外运输血液的动脉相连。右侧的两个腔室比左侧的小。在任何一个时刻，心腔可能处于两种状态之一：收缩期——心肌组织收缩，将血液压出腔室；舒张期——心肌放松，让血液流入心腔。这个过程给了我们测量血压所需要的数值。以我为例，我的收缩压是一百一十，舒张压是六十五。

心脏从我们在子宫里的第二十二天开始跳动，从此无休无止。

直到它停止跳动的那天。

*　*　*

维克多已经失踪八天了。

我穿着他的夹克。我喝光了冰箱里的牛奶。我开始搜寻一种生活留下来的点点痕迹。什么也没有。他生活得就像是借住在别人的公寓里，唯一的不同是这间公寓属于他——不过当波莉开始调查的时候，她发现这间公寓属于一家注册在瑞士的公司。除此以外再查不到任何信息。

我去找大学的人力部门。对他们来说我并不存在，不是亲属，不是伴侣，不是他个人信息表上的"紧急联系人"。我问他们，那谁是紧急联系人？他们说不上来，只知道那是日内瓦的一家公司。

斯坦博士休假了。

休的什么假？理智休假了吗？

人不会凭空消失。

可是你看，在我们生活的这个世界，他并没有消失。他的账单付清了，该填的表格都填好了。是谁做的这些呢？

另外，和曼彻斯特的那场大停电同时发生的，还有一场全城范围的信息崩溃，上百万 GB 的数据被一抹而空。波莉说，维克多的记录也在其中。

他的电话打不通。

几周后，波莉找到了进入隧道的门路。她叫上了我。我们走的不是以前的入口，而是另一条路。我问起之前的那个入口。没有这样一条路，我们的向导说，反正五十年代以后就没了，封死了。

我们走下隧道，像两个重游地府的访客。

之前我们讲故事的酒吧还在，但一切如常。没有掀翻的桌子、积水的地面。桌游和纸牌整齐地摆在架子上。温斯顿·丘吉尔的照片换上了新玻璃框。我知道那是新玻璃。我用手指拂过，没有灰尘。

两台巨型发电机，简和玛丽莲，干干净净，无声无息。

其他的一切都不见了。那些混凝土房间空了，没有跳上跳下的蜘蛛，没有满地乱窜的手，没有忙碌制作大脑切片的机器人，没有装在罐子里的大脑，没有计算机。只有头顶摇晃的长条灯，艾威尔河隆隆的水声依旧。

我们准备离开，我们不耐烦的向导啪的一声扳下了胶木电闸。当灯在我们身后熄灭的时候，我在地上踢到了什么东西。我弯下腰，将它拢在掌心。我能感觉出它是什么，他去处理那颗头的时候把它摘了下来。

维克多的印章戒指。

我又去了一次维克多的公寓。我有几件衣服要拿。钥匙打不开锁，于是我按了门铃。应门的是个凶巴巴的女人。她是新来的房客。我要干什么？我向她解释了衣服的事，她让我联系中介，然后迎面摔上了门。

可惜了……我喜欢那件 T 恤。

下楼梯，下楼梯，下楼梯。门最后一次关上。

此时的我，一个穿过街道的无名行人，无人留意，存在却又无形。我狂乱的思绪无人可见。我的所思，我的所感，是属于我一个人的贝德莱姆。我控制着自己的疯狂，你也一样。就算我的心碎了，它仍跳动不止。这就是生命的奇特之处。

波莉发来短信：今晚想一起吃晚饭吗？
也许我想。

你的本质为何？你的肉身由何造就？
竟让万千倩影与你随行。

任何一个肉贩都能卖给你。

我们缺钱的时候我没少买过。人类身上最宝贵的部分,却是最廉价的肉食:

心脏。

雪莱在那堆硬脆的干柴上燃烧的时候,他的胸膛敞开了一个口子,我们的朋友特里劳尼从火葬堆里抢出了他的心脏。

在印度,寡妇要爬上火葬堆,追随丈夫到生命的尽头。她的生命已经终结。

但生命并未终结。我们是顽强的,我们会活下去。悲痛的一己之力杀不死我们。

我可以解脱……倘若能像从火堆中取出他的心脏那般轻而易举地把有关他的记忆从我心中取出,我就可以解脱。

我发现悲痛意味着和一个不在世间的人一同活着。

佛教相信，我们归来的魂魄会栖居于它选择的任何形态中。那是他吗？冬日橡树上的槲寄生。那是他吗？乘着鸟的身体从我头顶俯冲而过。我可以把他戴在我的手上，在他送我的戒指中。如果我摩擦它，他会化作人形重新出现在我面前吗？

有一只野猫几乎每天都来……一双野性十足的夜行动物的眼睛。

我取了一些他心脏的灰烬，和他的一绺头发、几封写给我的信包在一起。

残存的残存。多么荒谬，构成我们的一切就这样消失得无影无踪。艾达·洛夫莱斯上星期告诉我，如果我们能用一种分析机可以读懂的语言呈现自己，它就能读取我们。

把我们"读"活？我说。

怎么不行？她说。

他会喜欢的，把他读活。想象一下：把他的诗装进我的口袋，把他也装进了口袋。我塞进机器的是打孔卡片，出来的是雪莱。

玛丽！他说。

（维克多！是你吗？）

我转过身。在人群中,在远处,是他吗?

我们要不要重新开始?

人类的梦。

## 作者按

本故事为虚构作品，它嵌套在另一个虚构作品——现实本身之中。阿尔科、曼彻斯特和历史上的贝德莱姆确有其地。曼彻斯特的地下隧道真实存在——但并非我所描述的那样。故事中的部分人物为真实人物，其中有些仍然健在，其他为虚构人物。故事中的对话并未以书中呈现的方式真实发生过——也许从未发生过。希望我未曾冒犯生者和死者。本书为虚构故事。

## 致谢

感谢 Jonathan Cape 和 Vintage 出版社所有和我一起为这本书付出过心血的人,尤其是瑞秋·库尼奥尼、安娜·弗莱彻、贝唐·琼斯和劳拉·埃文斯。感谢苏茜·奥巴赫,她对生物人类的信念比我更坚定。

谨以此书献给我的教子女艾莉·希勒和卡儿·希勒,他们将努力创造自己希望看到的未来。

**图书在版编目（CIP）数据**

人形爱情故事 /（英）珍妮特·温特森著；杨扬译
. -- 北京：新星出版社, 2024.6
 ISBN 978-7-5133-5346-5

Ⅰ.①人… Ⅱ.①珍…②杨… Ⅲ.①长篇小说-英国-现代 Ⅳ.① I561.45

中国国家版本馆 CIP 数据核字 (2023) 第 217042 号

## 人形爱情故事

[英] 珍妮特·温特森 著；杨扬 译

| **责任编辑** | 汪　欣 | **特约编辑** | 冯文欣　刘丛琪　张　典　李　爱 |
| **装帧设计** | 韩　笑 | **营销编辑** | 赵倩迪　游艳青 |
| **内文制作** | 张　典　贾一帆 | **责任印制** | 李珊珊　史广宜 |

| 出 版 人 | 马汝军 |
|---|---|
| 出　　版 | 新星出版社 |
| | （北京市西城区车公庄大街丙 3 号楼 8001　100044） |
| 发　　行 | 新经典发行有限公司 |
| | 电话（010）68423599　邮箱 editor@readinglife.com |
| 网　　址 | www.newstarpress.com |
| 法律顾问 | 北京市岳成律师事务所 |
| 印　　刷 | 北京盛通印刷股份有限公司 |
| 开　　本 | 850mm×1168mm　1/32 |
| 印　　张 | 11 |
| 字　　数 | 217 千字 |
| 版　　次 | 2024 年 6 月第 1 版　2024 年 6 月第 1 次印刷 |
| 书　　号 | ISBN 978-7-5133-5346-5 |
| 定　　价 | 69.00 元 |

版权专有，侵权必究。如有印装质量问题，请发邮件至 zhiliang@readinglife.com

For the Work entitled FRANKISSSTEIN: A Love Story
Copyright © Jeanette Winterson 2019
Translation copyright © 2024, by ThinKingdom Media Group Ltd.
著作版权合同登记号：01-2024-0496